DREAMBOOKS

DREAMBOOKS

DREAMBOOKS★

불빨

화염포식자

16

이루다 현대판타지 장편소설

dream books
드림북스

불빨 – 화염포식자 16

초판 1쇄 인쇄 2017년 12월 8일
초판 1쇄 발행 2017년 12월 18일

지은이 이루다
발행인 오영배
기획 박성인
책임편집 이신옥
일러스트 최단비
표지 · 본문 디자인 권지연
제작 조하늬

펴낸 곳 (주)삼양출판사 · 드림북스
주소 서울시 강북구 도봉로 173
대표 전화 02-980-2112 **팩스** 02-983-0660
편집부 전화 02-980-2116 **팩스** 02-983-8201
출판등록 1999년 3월 11일 제9-00046호

ISBN 979-11-283-9118-7 (04810) / 979-11-313-0589-8 (세트)

+ 이 도서의 국립중앙도서관 출판시도서목록(CIP)은 서지정보유통지원시스템홈페이지(http://seoji.nl.go.kr)와 국가자료공동목록시스템(http://www.nl.go.kr/kolisnet)에서 이용하실 수 있습니다. **(CIP제어번호: 2017032876)**

드림북스는 (주)삼양출판사의 판타지 · 무협 문학 브랜드입니다.

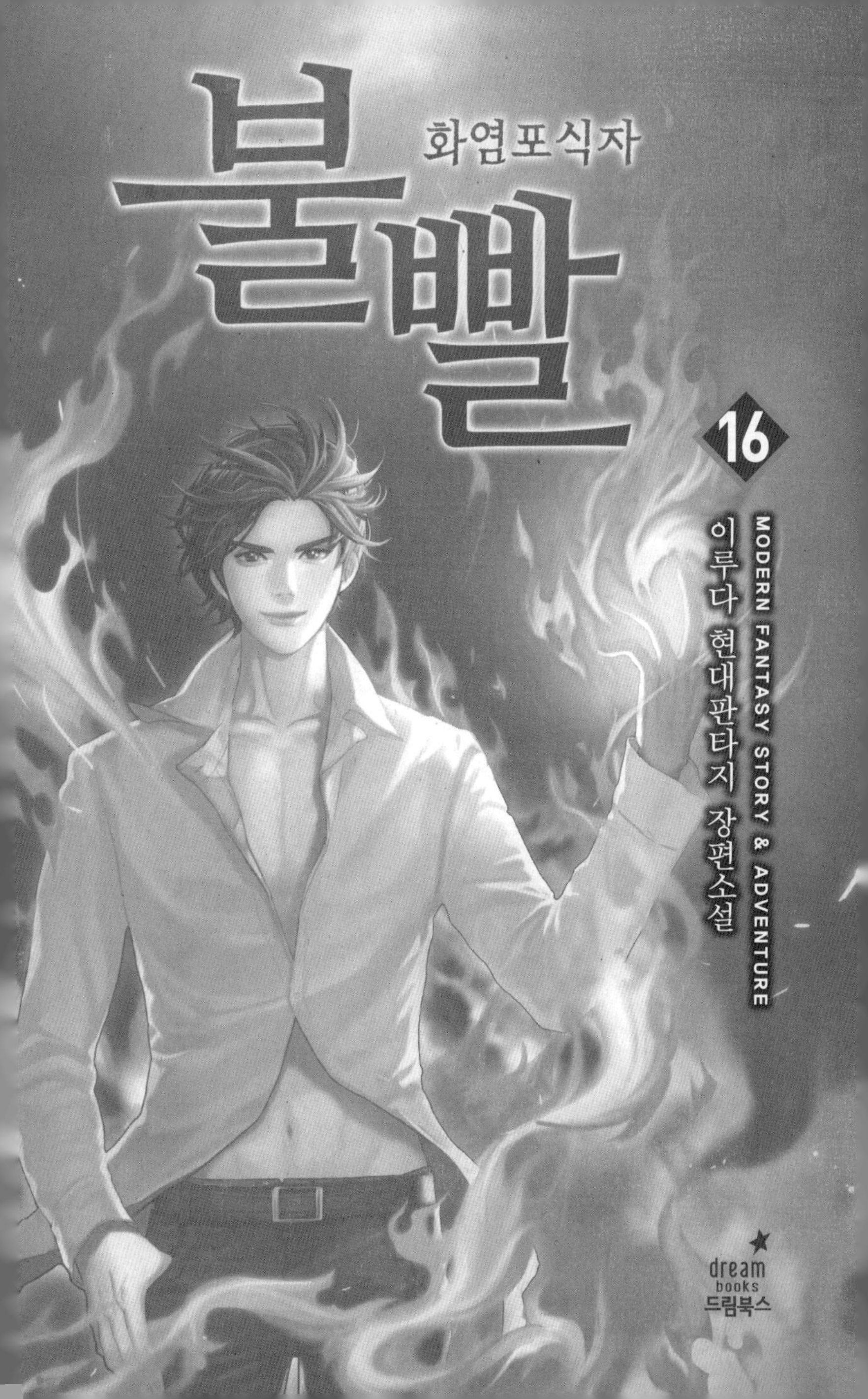

화염포식자
불빨
16
MODERN FANTASY STORY & ADVENTURE
이루다 현대판타지 장편소설
dream
books
드림북스

목차

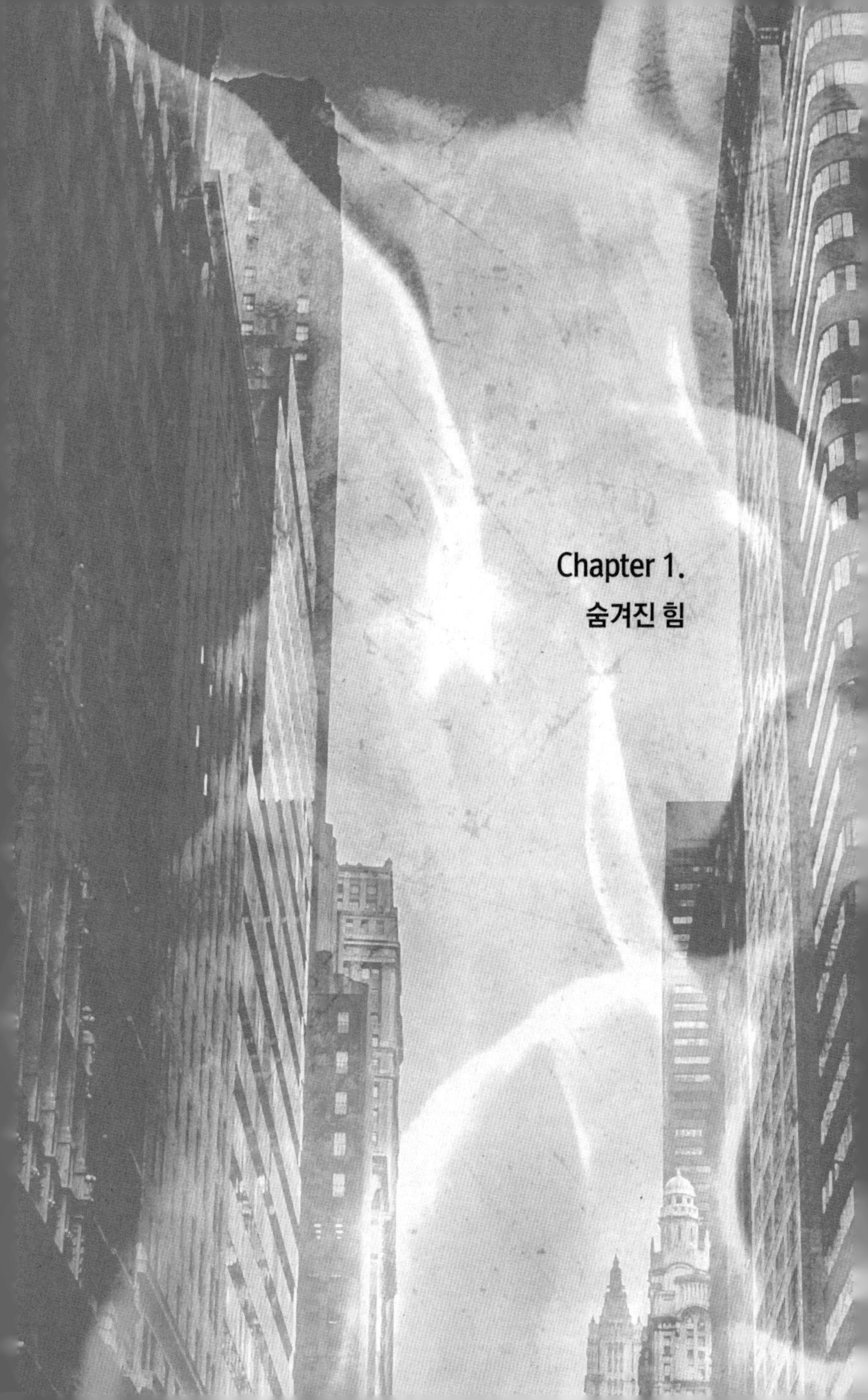

Chapter 1.
숨겨진 힘

"어이 무당. 쉽게 말하라구? 네가 뒤에서 뭔 짓을 한 건지!"

설마 누구를 비꼬는 것은 아니다.

난 이 여자가 하는 짓을 분명히 봤다. 몬스터를 제물로 바치고 그걸 이용해서 정상수에게 힘을 줬다. 단순히 힘만 준 것이 아니었다.

'그조차 몬스터로 만들었지.'

정상수의 격을 한없이 떨어트렸다. 인간에서 몬스터로. 인간이 인간으로서 죽을 수 없게 만들었다.

그 일에 눈앞의 이 여자가 관련이 있었다. 착각일 수가 없었다.

내 두 눈으로 똑똑히 봤으니까.

그녀는 제물을 통해 정상수를 조종했고, 그 이후로 그는 죽었다. 인간이지 못한 채로.

사실 인간이든 뭐든 하는 짓을 보면 몬스터보다도 못한 것들이 넘치기는 하지만, 그게 중요한 거겠는가.

'뒤에서 조종한 게 중요하지.'

정상수가 그런 일을 벌이게끔 뒤에서 조종을 한 게 중요했다.

마지막에 남겼던 정상수의 말이 무엇인지는 몰라도, 하나는 확실했다. 그의 마지막 말에는 후회와 한이 담겨 있었다.

비록 적이긴 했지만, 처음부터 끝까지 제니스의 체스 말로 이용된 정상수.

그런 정상수를 물리치긴 했으나, 씁쓸함을 느끼고 있는 나였다.

죽인 주제에 이런 말을 하냐고 할 수도 있겠지만, 죽였기에 나는 알아야 했다. 대체 그녀가 어떤 방식으로 일을 벌인 건지.

"……."

우우웅— 우웅—

하지만 그녀는 계속되는 공명음에도 아무런 말을 하지 않고 있었다. 몸을 부르르 떨면서도 대답할 의지가 없는 듯했다.

끈질겼다. 시간이 아무리 지나도 입이 열리지 않았다. 당장은.

"좋아. 당장은 대답할 의지가 없다 이거지."

허나 때로는 무언도 대답이 될 수 있었다.

어보미네이션을 사냥하고 얻은 검은 정석이 공명하는 것만으로도 대답은 충분했다.

관련이 되어 있는 걸 알았으니, 그 뒤는 캐 보면 됐다. 하나, 둘씩 캐다 보면 충분히 비밀을 파헤칠 수 있을 거다.

"뭐 당장은 대답하지 않아도 좋아. 방법은 많으니까."

그럴 수 있는 의지가 충분히 있다. 어떤 방법을 사용해서든 파헤칠 거다. 그녀가 가진 비밀을.

또한 충분히 능력도 가지고 있다.

"……제가 집중해 보지요. 그럴 가치가 충분히 느껴지니까요."

우리에게는 운이철이 있으니까.

우리 둘의 눈빛이 쏘아지자 그녀의 떨림이 더욱 심해진다. 우리로부터 무언가 느낀 것일지도 모른다. 아니면 의지를 느낀 것일지도 몰랐다.

어느 쪽이든 상관은 없었다. 중요한 건 우리의 의지니까. 시간을 들이면 얻어낼 수 있다.

그녀의 어깨를 꾸욱 잡아주고서는.

"그럼 두고 보자고. 가죠. 오늘만 날은 아니니."

"수단부터 강구해 봐야겠군요. 알아낼 방법은 많습니다."

눈을 빛내는 운이철과 함께 그녀를 두고 나왔다.

* * *

임시 감옥의 안을 나오자마자 앞을 지키고 있던 허웅이 다가왔다.

따로 길드원으로부터 보고라도 받은 건지, 전할 소식이 있는 듯했다.

"잘된 거야?"

"두고 봐야지. 아직은."

"뭐…… 그렇겠지. 애들은 다들 마무리한 거 같다. 천정도 처리를 했고, 사체도 어찌들 챙겼다."

"그렇군."

시간이 걸리긴 했지만 확실히 마무리를 한 듯했다.

확인을 할 필요도 없었다. 이 정도의 일도 처리하지 못할 만큼 길드원들이 능력이 없지는 않았다.

오히려 예상 이상으로 빠르게 처리를 했을 정도다.

"그럼 오늘은 이만 마무리하자고. 다들 쉬는 걸로."

"오케이!"

더 몬스터가 있을 리 없다. 다가오는 게 이상했다.

몬스터를 잡아먹고 몸을 불리는 어보미네이션의 영역이었으니 더더욱!

그러니 오늘만큼은 안심해도 됐다. 적어도 오늘은.

'앞으로가 문제겠지.'

속도가 빨라지면서 예상되는 일이 많았다. 여러 가지로.

*　　*　　*

새벽녘.

지난번과 비슷한 시간대에 육욕의 왕은 잠을 이룰 수가 없었다.

설렘과 짜증이 동시에 공존을 하고 있으니 잠이 올 수가 있겠는가. 안 그래도 들었던 이야기를 몇 번이고 더 재촉해서 듣고 있었다.

"결국 죽었다?"

"예. 몬스터와 합일을 했지요. 일본의 능력자들과 비슷하면서 달랐습니다.”

“흐음…… 변이인가.”

각 나라마다 이능력의 특징이 있었다. 마치 누가 정한 것처럼.

가지각색의 몬스터. 특히 자신들의 신화에 관련된 요괴 같은 몬스터들이 수없이 등장한 게 일본이다.

그 일본의 이능력자들은 몬스터를 이용하는 자들이 많았다. 몬스터의 힘을 쓰다가 되레 몬스터와 합성이 되기도 하는 건 예삿일이었다.

만화에서나 등장하던 몬스터를 식신처럼 부리는 자들도 있었으며, 제령의식을 하듯 의식을 치러 몬스터를 잡는 자도 다수 있을 정도였다.

일부는 몬스터와 생활을 하는 자도 있을 정도!

몬스터를 게임 속 몬스터 다루듯 하는 한국과는 완전히 다른 모습이었다.

그런 의미에서 보자면 이번 정상수의 변이는 굉장히 예상 밖의 일이었다.

제물을 바쳐서 몬스터의 힘을 이용하게 되는 건 의도했던 바다.

부작용으로 광기를 얻고, 때로 몬스터처럼 변하는 것도 예상 안의 일이었다.

하지만 그 몸이 변형돼서 몬스터와 하나가 되는 건 생각도 못 한 일이었다.

그런 이능력은 부여를 한 적도 없었다. 단지 무지막지한 힘만 부여했을 뿐이었다. 그런데 합성이 됐다.

"그러고도 죽었다고?"

"예. 오히려 쉽게 죽었다고 합니다. 관측한 바로는요."

"하……."

그리고도 죽었단다. 말 그대로 죽었다. 시체도 제대로 남기지 못하고.

'그릇으로는 못 쓰겠군.'

쓰레기도 쓰임이 있듯, 정상수의 사체도 나름 쓸 곳이 있었는데 쓰지를 못하게 되었다.

육욕의 왕으로서는 아쉬움과 짜증이 함께 일 수밖에 없었다. 하지만 그러면서도 동시에 설레는 것은.

"……그런데도 잘도 상대를 했다 이거지. 아주 쉽게. 쉽게라……."

"압도적이었다고 합니다. 힘의 응용을 넘어서, 어떤 경지에 이른 건 확실합니다."

"경지라…… 그 나이에 경지에 이른 자가 몇이나 있던가?"

"몇 없었습니다. 있다고 하더라도…… 그런 자들은."

"왕이 되었지!"

헌터들은 생각보다 많다. 최하급의 이능력자들까지 합하면 생각보다 수가 꽤 된다.

그만큼 새로 몬스터가 생겨나고, 때로 죽음을 당해서 그렇지 우선 태어나는 자들만 보면 분명 적지 않았다.

이능력만 생겨나고 몬스터가 없었더라면 인류는 이능력을 이용한 새로운 어떤 영역에 도달했을지도 모를 정도였다.

그러나 그러지를 못했다. 계속해서 전투가 일어나니까. 전투가 없더라도 인간들끼리의 암투가 있었으니까.

그럼에도 강력한 자들이 생겨났었다. 자신의 이능력을 활용하고도, 주어진 것 이상으로 해내는 자들이 있었다.

그들이 바로 왕들이 됐다.

물론 모두가 된 것은 아니다.

중간에 죽은 자들도 있었다. 사냥 실패, 실수, 암투. 이유는 많았다. 하지만 중간에 죽지만 않았더라면 그들은 왕이 되기에 충분한 자들이었다.

실제로 그런 자들을 몇 죽이기도 했던 육욕의 왕이었다. 그가 여기까지 오기까지 그런 자들을 안 죽이는 게 되레 이상했다.

그런데.

"김기환이 그 정도라 이거지."

"그렇습니다. 이제는 거의 확실해졌습니다. 이번에 그 실력을 확실히 보여 줬으니까요."

"흐흠…… 좋군."

생각보다 좋은 그릇이지 않은가? 후보 중에 하나였지만, 이만한 녀석은 또 어디에도 없는 듯했다.

쿠웅. 쿵.

두근거리는 심장의 박동이 그의 설렘을 대변해 준다.

'……좋아.'

안 그래도 준비를 하는 것은 많았다. 굳이 김기환이 아닌 다른 이들도 노렸다. 그런데 그럴 필요가 없는 듯했다.

'충분하겠어. 아니 차고 넘칠지도.'

상황이 이리되면 하나만 집중을 해도 됐다. 괜히 후보를 여럿 건드릴 필요도 없게 됐다. 그래도 차고 넘칠 테니까.

"그 애는 각오가 되었겠지?"

"그럴 겁니다. 본래부터 그러하기로 결정이 돼 있었으니 문제는 없습니다. 그게 그 아이의 의미이지 않습니까."

"좋아. 좋아. 그렇지!"

"준비는 완벽합니다. 발동의 시기를 언제로 잡아야 하는지가 중요할 뿐이지요."

그 애란 누구를 말하는 것일까. 다른 이들이 모를 그들만의 준비일 것이 분명했다.

육욕의 왕의 두 눈이 음습하게 빛나고 있었다.

*　*　*

"화……."

돌아오는 길은 굉장히 힘든 길이 됐다.

우리만 돌아오는 길이었더라면 문제가 없었을 거다. 되레 쉬웠겠지. 하지만 이번엔 짐이 많았다.

"어서들 움직여!"

"……."

"……제길."

저기 저 성을 내면서 움직이고 있는 자들.

천정의 간부들이라는 짐이 있지 않은가. 거기서 제니스에서 온 자들까지. 꽤나 비협조적이었다.

천정의 길드원들은 그나마 좀 나았다.

살려줬다는 것만으로도 감지덕지인지 움직이라면 움직이는 대로 따랐다. 적어도 짐은 안 됐다.

하지만 간부 몇을 포함한 제니스에서 파견 나온 자들은 호시탐탐 기회를 노렸다.

다름 아닌 도망칠 기회를!

틈만 나면 도망을 치려고 하니 아주 고역이었다.

그렇다고 꽁꽁 묶을 수는 없는 노릇 아닌가. 손이야 봉인을 시켰다지만, 온몸을 묶고 끌고 다닐 수는 없었다.

그러니 힘든 길일 수밖에 없었다. 비협조적인 짐덩이를 끌고 다녀야 했으니까. 하지만 그것도.

'일단은 끝이군.'

당장은 끝이 났다. 사냥터의 끝이 다가오고 있으니까!

"좋군."

"흐흐. 들어가면 아주 두고 보자고."

저들을 쉽게 풀어줄 생각은 없다. 얻을 것이 많았다.

저들은 잡혔고, 곧 있으면 우리들의 기지 안으로 데려가니 이제는 저들이 반항하는 것도 여기까지다.

그런데.

"음…… 누굴까요?"

"파견 나온 거 같긴 한데요. 흠……."

사냥터의 끝인 출입구에 생각보다 많은 인원들이 있었다.

서부 지역 사냥터가 전보다 인기가 많아졌다고는 하지만 이 정도로 많은 인원이 있는 건 흔한 일이 아니었다.

'뭔가 있군.'

분명 뭔가 있었다. 그렇지 않고서야 평상시와 다를 리는 없을 테니까.

*　*　*

도착을 해서 보니 그들은 헌터 관리원에서 나온 자들이었다.

자랑스레 가슴팍에 차고 있는 헌터 관리원 마크가 그 증거다. 다들 정복을 입고 있는데, 왜소한 자는 하나도 없이 다들 한 어깨를 하고 있었다.

대부분 현장에서 뛰는 자들인 게 분명하다.

어쩐 일로 소장 이준석이라는 자는 보이지 않았다. 염치가 있어서 안 나왔거나, 두려워서 나오지 않은 게 분명하다. 당한 게 있으니까.

'그 사람. 좌천됐을지도 모르지.'

지난번의 일도 있으니 그가 안 오는 건 이해가 가는데, 문제는 눈앞의 양반이다.

도무지 말이 안 통한다. 딱 무대포이자 꼴통이다. 일부러 이런 자를 이곳으로 앉혀놓은 거 같다.

무작정 우리에게 다가와서는 천정과 제니스의 사람들을 데려가야겠다고 한다.

"데려가야 합니다."

"하 참."

이유? 상부의 지시란다. 제니스도 협조를 하기로 했단다. 그럼 제니스는 그렇다 쳐도 천정은? 말이 안 된다.

그리고 길드 차원에서 협조를 했다고 쳐도 문제다. 여기 있는 이들이.

"이 사람들이 무슨 애도 아니고. 이쪽도 가는 데 반대하고 있지 않습니까. 그렇지?"

"……네."

"무, 물론이죠."

안 가겠다고 하지 않나.

평상시에 반항을 하던 천정의 길드원들도 아주 협.조.적으로 나와 주고 있었다.

자신들의 등 뒤에 내가 심어 놓은 불길이 있어서가 아닐 거다. 그냥 이들이 자발적으로 협조적인 거다.

그리고 마침 굉장히 비협조적인 자들이 잠시 쓰러져 있는 것도 우연이다. 어디까지나 우연.

누가 꼭 기절을 시켜서 이런 상태가 된 건 아니었다.

"데려가야 합니다. 그렇게 들었습니다. 여기 부상자도 있지 않습니까? 기절했군요."

"그 부상자들은 우리가 치료해 줄 거니 걱정 마쇼. 안 그래도 치료하려고 데려가는 거니까. 그렇지?"

"그, 그러믄요."

"흐음…… 헌터 관리원에도 충분히 치료 시설이 있습니다."

이 사람 도무지 말이 안 통한다.

어지간해서는 보는 눈이 많으니 신사적으로 나가려고 했지만, 이쯤 되면 답이 없다.

저들은 처음부터 작정하고 온 게 분명하다.

'안 그래도 어차피 뒤는 뻔했지.'

이들이 무얼 준비하든 간에 헌터 관리원이 우리를 적대시할 것은 뻔한 이야기. 이쯤 돼서 적대시하지 않는 것도 웃겼다.

그럼 이 뒤는 뻔하지 않은가.

화아아아악—

기세를 올렸다. 아주 가파르게!

"허. 지금 우리가 치료하겠다는데 우리 실력을 못 믿겠다 이거요? 그리고 헌터 관리원이 언제부터 우리들을 관리해 줬는데?"

"……읏."

어지간한 헌터들도 버티지 못하는 걸 이자가 버틸 수 있을 리가 없다.

'어쭈? 헌터 관리원에 속해 있어도 이능력자는 맞다 이

거냐.'

그래도 제법 버티기는 했다. 그래 봐야 잠시다.

파악.

발을 굴리며 한 걸음 앞으로 나섰다. 땅이 파였다.

기세는 더욱 키웠다. 그와 나의 거리가 줄어든다. 아주 바짝. 금방이라도 닿을 만큼.

"문제가 있는 거요? 응?"

"이, 이런 식으로 나와서는 곤란합니다."

"곤란? 여기서 곤란해지는 게 누굴까?"

"이, 이렇게 헌터 관리원을…… 겁박하겠다는 겁니까?"

이를 질끈 깨물고서는 말하는 뽄새가 참으로 재밌다.

온몸에 식은땀이 흐르기 시작하고, 얼굴은 고통으로 잔뜩 일그러진 주제에도 그는 자신의 임무에 충실했다.

'헌터 관리원에 인재가 아주 없는 건 아닌가 보네.'

꽤 하지 않는가. 꼴통인 줄만 알았는데 새삼 다시 보인다.

여태까지 상대했던 자들은 양아치 같던 자들이 많았다. 강자에게 약하고 약자에게 강한 그런 자들을 주로 봤다.

그런데 이자는 버틸 줄을 알았다. 이건 꽤 신선한 충격이었다.

막돼먹은 곳. 헌터들의 고혈이나 뽑아먹을 줄 아는 곳.

그런 헌터 관리원에도 분명 인물은 있었다.

'아쉽군.'

이런 자가 내 편이었더라면 좋았을 거다. 지금 있는 길드원들도 좋지만, 지금은 손이 하나라도 더 필요할 때니까.

하지만 아쉽게도 이자는 이미 헌터 관리원에 충실한 자다. 이런 자는 어떻게 설득하기도 힘들다. 이유야 어찌 됐든 이미 그리 결정을 내린 자니까.

아깝더라도, 나는 나의 입장에서 이자를 밀어붙여야 했다.

"겁박이라 해도 상관없지. 이미 그리됐으니까. 비켜라. 가야겠으니까."

"……큿."

"안 되는 걸로 더 버티지 말고."

화아아악—

기세를 더 키우니 결국 이자의 무릎이 굽혀진다. 콱하고. 땅이 팰 정도다. 이능력으로 버티고자 하지만, 무리. 절대 무리다.

이번 전투로 얻은 성과가 아주 없지 않다. 나는 분명 더 강해졌다. 그렇기에 이자들 정도로 내 길을 막을 수 있을 리가 없었다.

"……크."

기세를 더 키웠다.

이자를 더 겁박하자는 게 아니었다. 그 뒤에 있는 무리들. 끝까지 나서지도 못하고 상황만 지켜보는 자들을 향해서 기세를 키웠을 뿐이다.

눈앞의 꼴통, 아니 충성할 곳을 잘못 선택한 충신처럼 다른 자들의 무릎도 굽혀지기 시작한다.

"으읏!"

일어나려고 발악을 하는 자는 처음 내게 다가왔던 꼴통 뿐.

다른 이들은 굽혀진 무릎 그대로 저항도 없이 고개만 숙이고 있을 뿐이었다.

그런 그들을 두고,

"……가죠."

"예."

본부를 향해서 움직였다.

무릎을 꿇었던 자들과 점차 거리가 멀어져 간다. 순식간에 그들과 거리가 벌어지기 시작한다.

힘을 걷자마자, 저 멀리 뒤에서.

"젠장하아알!!"

처음 나를 막았던 자의 고함이 들려온다.

대체 저자는 무슨 이유로 나를 막았던 것일까. 대체 무슨 이유로 다 썩어버린 헌터 관리원에 충성을 맹세한 걸까.

저런 대쪽 같은 자가 왜?

알 수가 없다. 하기는 세상사라는 것 자체가 본래부터 꼬이고 꼬인 복잡한 실과 같지 않은가.

그도 그만의 사정이 있을 게다.

그 사정이란 걸로 우리 둘은 서로 적으로서 교차할 뿐이고. 아쉬운 게 있다면.

'……망국의 충신이 되겠군.'

앞으로 그가 충성하는 곳은 내게 무너질 터. 저런 대쪽 같은 자가 자신이 충성하던 곳이 무너졌을 때, 어찌 변할지를 알고 있기에 아쉬울 따름이었다.

그뿐이다.

'저런 자들이 있는데도 썩었단 말이지.'

약간은 쓴웃음을 삼킨 채로 나는 걸음을 옮겨갔다. 앞으로. 더.

* * *

"와……."

"이게 말이 돼?"

쓴웃음을 삼키고 온 주제에 당장 이곳에 오고부터는 환

호부터 내뱉을 수밖에 없었다.

상전벽해(桑田碧海)가 따로 없었다.

이건 뽕나무밭이 바다로 변한 정도가 아니다. 분명 폐허만 가득했던 곳이다. 우리가 가진 본부, 그 옆에 있던 몇몇 개의 건물들.

그 정도가 우리들의 기억에 있는 전부였다. 그런데 돌아와서 본 이곳은.

"허허. 왔는가?"

"……성벽 아닙니까. 이거."

"제대로 봤네. 임시 기지 같은 곳에나 세우는 것이지. 알지 않나?"

"하……."

전에 의뢰로 갔던 임시기지. 몬스터들의 사냥터 한가운데에 있던 기지에나 있을 법한 성벽들이 쌓이고 있었다.

좌로 보든 우로 보든 성벽이 있었다. 처음에는 착각인가 싶었지만, 이렇게 완전히 눈앞에서 보이는데 착각이랄 수는 없었다.

"아직 완전히 완성된 건 아닐세. 이능력을 이용해서 태만 만들었을 뿐이지."

"……사기적이네요."

"하핫. 우리가 제대로만 나서면 원래 이 정도는 기본이었다고? 눈치가 보여서 하지 않았을 뿐이지!"

자랑스럽다는 듯, 총감독 역할을 맡고 있는 소장 이호준이 웃어 보인다.

약간 거만해 보일 수도 있는 태도지만, 내가 보기엔 저 태도는 거만함이 아니라 자부심을 담고 있었다.

'진짜…… 제대로인 건가.'

자신들의 이능력과 하는 일에 자부심을 가진 건 알았지만 이 정도일 줄이야.

이 정도라면 자부심이 아니라 정말로 거만해도 될 만했다.

공사 자재만 제대로 가져다주면, 아니 자본만 있다면 상상 이상의 것을 보여준다고 하더니 정말로 눈으로 보여줬다.

"벌써부터 놀라면 어찌하나? 안으로 들어가면 더 놀랄 텐데. 이건 일부일 뿐이라고. 원래부터 성벽은 단순하니까."

"어허이. 이 사람! 단순하다니! 이쪽도 꽤 애쓰고 있다고!"

"알지 알아. 하하하."

이호준의 말에 옆에서 가만 상황을 지켜보던 공사 담당자가 소리친다. 성벽을 맡았던 자가 분명하다.

'이상준이었나…… 모르겠군.'

아쉽게도 이름은 제대로 기억하지 못했다. 이호준이 데려온 자들이 워낙 많았기 때문. 뒤늦게 투입된 자들이 있는지 얼굴도 모르는 자들도 꽤 됐다.

이들이 전부 이능력자고, 공사에 있어서만큼은 스페셜리스트라면 이 정도의 진행은 이해가 갔다.

몇 명만 더해져도 건물을 숨풍 만들어내는 자들이 수십이 더 넘게 모이지 않았나.

무리도 아니다.

"……정말 새로 도시 하나 짓는 거군요."

"하하. 이제 시작일 뿐이지. 일차 벽 아닌가 이건? 안 그런가? 서부를 다 뒤덮어야겠지. 언젠가는. 우리는 그거만 믿고 왔다고?"

"아무렴요. 그게 약속 아니었습니까. 지켜야지요."

"그거면 되네. 그거면!"

이호준의 눈이 빛난다.

나의 일에 동참하면서 그 또한 모든 것을 걸고 있는 것이나 다름없는 상황. 그런 이호준과의 약속을 안 지킬 생각은 없었다.

'해내야지.'

안 지키려고 했다면 처음부터 이들을 끌어들이지도 않았

다.

가만 서서 멀리 있는 성벽들을 꼼꼼히 바라봤다. 중세의 것과는 다르게 현대의 방식으로 만들어낸 특별한 성벽. 우리들의 것을 보호해 주는 든든한 성벽이다.

그리고 가까이는 이 서부에서 벌어질 전투의 전장이 될 수도 있는 곳이었다.

'든든하군.'

적들도 바삐 움직이고 있었다. 적들의 일의 속도가 빨라지고 있었다. 조금은 마음이 조급했었다.

하지만 이제는 아녔다.

내가 아니더라도 나와 함께 하고 있는 이들은 아주 잘 움직여 주고 있었다.

그 누구보다도 바쁘게! 든든하니 믿을 만큼!

'좀 더 거침없이 움직여도 되겠군.'

걱정. 불안. 나를 묶고 있던 어떤 족쇄들이 조금씩 풀어지는 느낌이다.

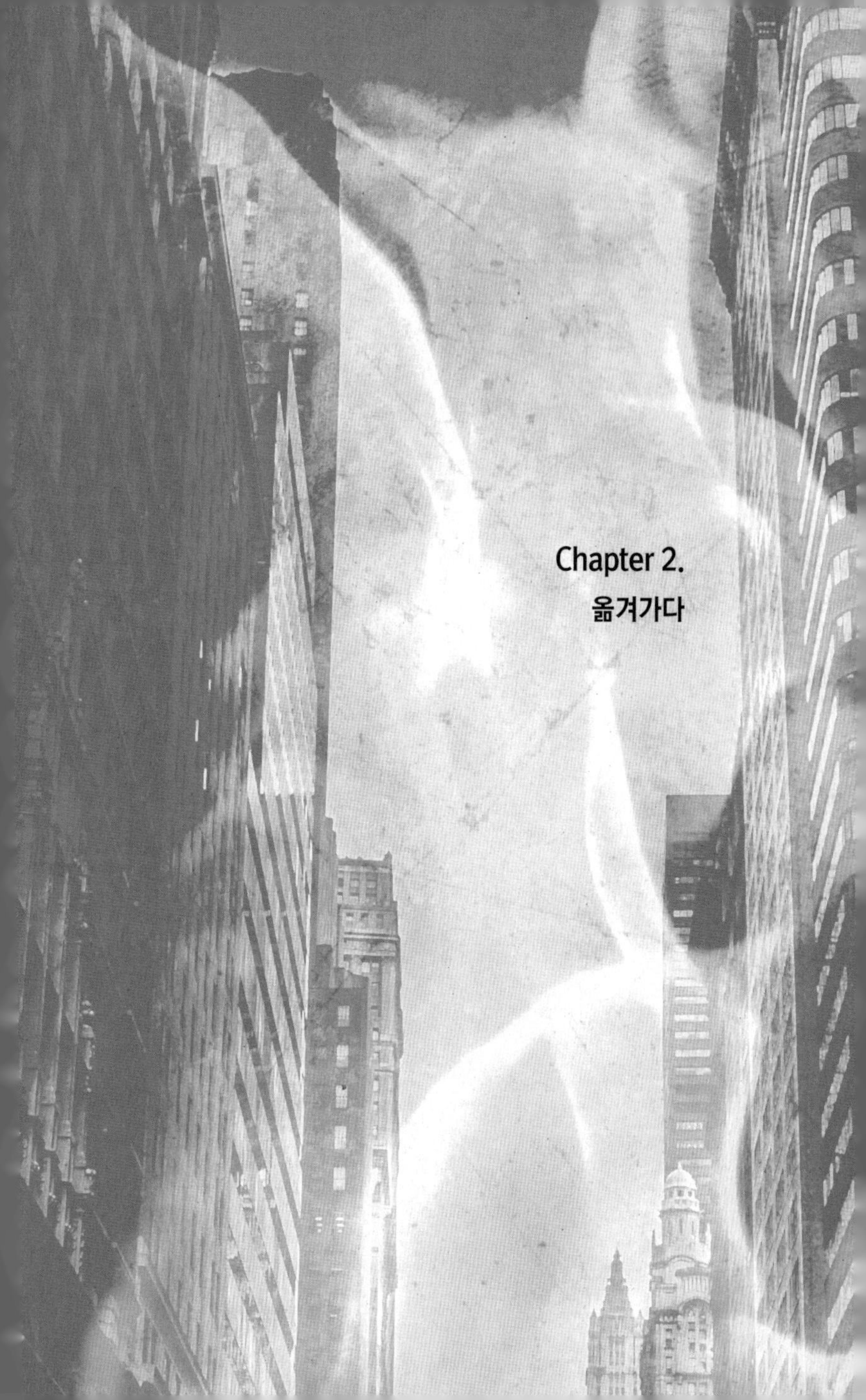

Chapter 2.
옮겨가다

소장 이호준이 말한 대로 안은 또 달랐다.

'대단하군.'

한 번에 여러 건물이 올라가고 있었다. 단지 이 정도라면 놀라지만은 않았을 터. 다들 신기를 보여 주고 있었다.

인부들이 재료들을 가져다주면 그게 시작이었다.

"핫……."

스아아아—

배합된 시멘트를 순식간에 굳히기도 하고, 의지대로 모양을 변형시키기도 했다.

철골을 구부려야 하는 곳은 괴력을 가진 자가 나서거나,

철을 조종할 줄 아는 자가 나섰다. 아니면 협동을 하거나.

정말 온갖 이능력이 나왔다.

사냥을 하기에는 부족한 이능력이지만, 건물을 짓기에는 차고도 남는 능력들의 향연이었다.

당연히 속도가 빠를 수밖에 없었다. 느리면 그게 더 이상했다.

'빠른 재생인가.'

말 그대로 건물을 올리는 것을 빠르게 재생해서 보는 느낌이었다.

경이로운 광경을 한참 보면서 본부에 들어섰다.

"믿을 만한 거 이상이군요. 나중에 우혁이가 오면 상을 줘야 할 정도인데요?"

"확실히 예상 이상입니다. 기지들이 어떻게 지어졌는지 알 만하군요."

"몬스터들이 부수기 전에 건물을 올려버리는 거죠. 그리고 그곳을 기지 삼는 거고요. 상상도 못 한 방식이네요."

부수는 것보다 만드는 걸 빠르게 하다니. 보통 사람이라면 정말 상상도 못 할 일의 방식이다. 그런데 그걸 실제 눈으로 봤으니 말도 안 된다고 할 수는 없었다.

"이대로면 적어도 방어 문제는 없겠는데요?"

같은 힘을 가지고 있다면 방어를 하는 자가 더 유리하다.

같은 이능력자라고 하더라도 이는 비슷했다.

평지에서 힘 대 힘의 전투를 벌이는 거라면 또 모르겠지만, 이런 식으로 건물이 쌓아올려지면 이야기가 또 다르다.

이것들을 이용해서 방어를 하면서, 적을 막아 가면 우리 쪽이 유리해질 수밖에 없다.

적어도 이곳만큼은 우리의 영역이 되니까.

'좋군. 좋아.'

이렇게 순식간에 영역을 구축할 수 있을 줄이야. 주은영으로부터 얻은 자금을 꽤나 많이 소모하기는 했지만, 이쯤 되면 아까울 리가 없었다. 되레 잘 투자한 느낌이었다.

하지만 운이철의 생각은 나와는 다른 듯했다.

"모르지요. 그들. 부수는 데는 도가 튼 자들이지 않습니까."

"흐흠…… 부수는 데 도가 텄다라."

"온갖 해괴한 일을 벌이는 자들입니다. 방법은 많을 겁니다."

그는 헌터 관리원의 힘을 과소평가하지 않았다. 이 정도의 방비로도 부족할 거라 말했다.

"……제발 그러지 않기를 바라긴 하지만 그럴 리는 없을 테니 역시 준비를 해야겠죠."

"예. 당연한 겁니다."

아니기를 바라지만 그들 정도 되면 이 정도 방비를 뚫을 방법이 분명 있기는 할 거다.

아까 전에 보았던 그 꼴통. 그런 충실한 자들을 이용해서 뭔 일을 벌일지도 몰랐다.

그러니 운이철의 말대로 이것만으로 안심할 수는 없었다.

든든하기는 하지만 그 이상의 것들을 준비해야 했다. 그러기 위해선.

"……역시 가야겠죠?"

"예. 상당히 뿔나 있을 겁니다. 상당히요."

"하 참……."

당장 힘이 될 자를 찾아야 했다.

'어지간히 고집불통이어야 말이지.'

가기는 싫지만 가야 했다. 어쩌겠는가. 싫다 해서 내빼기에는 내가 책임지고 있는 자들이 많았다.

"그럼 다녀오지요."

"바로 가실 겁니까?"

"쇠뿔도 단김에 빼라지 않습니까. 거기다 더 늦으면 그 양반 더 삐칠걸요?"

"후후…… 그럴지도요."

"그럼 움직이지요."

*　　*　　*

"어머? 데이트 신청이에요?"

"……살려달라고 목숨 구걸하는 겁니다. 아마도?"

"후후. 뭐 좋아요. 이유야 어찌 됐든 상관은 없으니까요."

응원군을 찾았다. 바로 한서은. 지금 내가 가야 하는 전장(?)에 그녀만 한 응원군은 또 없었다.

다름 아닌 한철의 하나뿐인 딸이니까!

딸 바보 기질이 있는 그다. 센 척해도 한서은한테는 반 수, 아니 한 수는 먹고들어 가 줬다.

그러니 좀 치사하더라도.

"그럼 갈까요?"

"후후. 네!"

그녀와 함께 움직였다.

그 양반의 꼬장을 조금이라도 덜 듣기 위해서! 어떻게든 빠르게 그를 끌고 오기 위해서!

'그래도 딸이 있으니 좀 낫겠지?'

*　　*　　*

딸이 있다고 그 빌어먹을 성질이 고쳐질 거라는 건 말도 안 되는 오산이었다!

후아아아악—

"이 미친!"

철들이 날아든다. 하나, 하나가 팔뚝만 한 철들이다. 평소 무기를 만드는 데 쓰던 철들이 공중에 붕붕 떠서는 날아든다.

어찌 알았는지, 미리 준비를 하고 있었다.

오자마자 철 덩어리들이 날아드는데 그 기세가 맹렬하기 그지없었다. 진짜 죽일 기세다!

"이 단물만 쏙 빼어먹는 새끼!"

"무, 무슨 단물만 쏙 빼먹는다고 그래요! 어엇."

스아악.

귓불을 스치고 지나간다. 무려 철 덩어리가!

무게로도 수 킬로그램은 나갈 거고, 맞으면 보통 사람은 골로 갈 그것이 아찔하니 스치고 지나갔다.

'미친…….'

완전히 허를 찔린 느낌이었다.

대답을 하는 그 사이에 철을 던질 줄이야. 그것도 얼굴을 노렸다. 상상도 못 한 각도로 들어오는지라 겨우 피했다.

"죽일 작정입니까!"

"그래! 이 불 노예 새끼야아아아! 우와아아악!"

손에 망치를 든 한철이 날았다! 난다! 날아!

몸을 부웅 띄워서는 나를 향해서 포물선을 그리면서 다가온다. 망치를 양손으로 번쩍 든 채로!

"피하면 죽인다!"

"우와. 안 피해도 죽는 거 아닙니까!"

화아아아아악—

이쪽도 당할 수만 있겠는가. 기세를 피워 올렸다. 순식간에 불의 막을 형성했다.

터어어어엉—

겨, 겨우 막았다.

'……성공이다.'

다행히 힘 조절이 잘됐다.

한철을 죽일 수도 부상을 입힐 수도 없지 않은가. 그의 공격을 피해 없이 딱 맞을 정도. 그 정도로 힘을 조절했다.

다행히 불의 막은 제대로 조종됐다.

"어쭈? 막아?"

"피하지는 않았잖습니까!"

"시끄럿! 죽어! 죽어! 죽으라고!"

"……시바!"

쿠웅. 쿵. 쿠웅.

연속된 망치질에 불의 막이 순식간에 깨진다.

'미친…… 정말 죽일 작정이냐!'

얼핏 본 그의 눈에는 죽기 살기의 살기가 가득했다. 진짜 나를 죽일 기세였다! 진심으로!

'아니 뭐 좀 늦었다고 사람을 죽이냐고!'

별거 아닌 이유에 이렇게 달려들 줄이야.

"거 좀 성질 좀 죽이쇼!"

퍼억.

"어쭈? 이 새끼가! 공격을 해?"

"나도 살아야 할 거 아니요!"

"으아아아아! 이 하극상 하는 새끼이이!"

한철이 망치를 던지고 대신 주먹을 날렸다. 대장장이질로 단련이 된 두꺼운 주먹이었다.

"이익!"

퍼어억. 퍽.

그때부터는 완전히 개싸움이었다. 아주 치열한!

말릴 생각도 없으면서.

"……부끄럽네요. 우리 아빠도."

"어머. 남편으로 둔 나는 어쩌겠니?"

"……그러게요."

"그나저나 결정은 내린 거야? 아니 기환이가 선택은 한 거야?"

"……몰라요!"

부끄러워하는 척만 하는 두 모녀의 이야기는 우선은 두도록 하자. 이 개싸움에 둘까지 낄 이유는 없었다.

*　*　*

"후우…… 후!"

"거 참. 아직도 분이 안 풀립니까?"

"……닥쳐!"

꼴이 말이 아니었다.

나중 가서는 이능력을 제하고 싸웠다지만, 이래 봬도 나 딜러지 않나. 탱킹 능력은 없더라도 다른 부분에서 신체 능력이 우월했다.

의외로 한철도 꽤 강한 신체 능력을 갖고 있긴 했지만 우위는 분명 이쪽이었다.

하지만 기세가 달랐다.

어찌어찌 막아야 하는 내 입장에서, 무서운 광기로 달려드는 한철은 꽤 상대하기 힘들었다.

'그래도 결국은…… 성공했다.'

온몸이 욱씬욱씬거리고, 거울을 안 봐도 몸에 멍이 가득할 게 뻔하긴 하지만 한철을 다독이는 데(?) 성공은 했다.

과연 이게 그를 다독인 건지는 모르겠지만, 적어도 대화의 분위기는 만들어졌다.

씩씩대기는 해도, 더 달려들지는 않았다.

빌빌 꼬아서 이야기할 필요도 없었다. 바로 직설적으로 물었다.

"합류해 주시죠? 아니 도와주시죠. 정말로 이판사판인 상황입니다."

"그러니까 누가 미친 척 그러고 다니래!"

"안 그럼 어쩝니까. 세상이 미치도록 썩어 터졌는데."

"……그러니까 그 세상을 왜 네가 바꾸려고 하는 건데? 왜, 힘이 생기니까 네가 세상 속 주인공이기라도 한 거 같냐? 막 힘을 써서 사람들을 구하고 싶어? 응?"

"아뇨. 그럴 리가 없죠. 저 같은 찌질한 새끼가 무슨 세상을 구합니까?"

"풉. 그건 맞긴 하지. 이 찌질한 새꺄."

아오. 나는 찌질이가 맞다. 하지만 찌질이에게 찌질하다 말하니 욱했다.

순간 주먹이 부르르 떨렸지만 우선은 참았다.

그저 진심을 내뱉었다.

"……압니다. 가만있어도 됐던 거. 그냥 이 힘 이용해서 호의호식하고 살고, 나 편한 대로 살아도 되는 거 안다 이겁니다."

"그런데 왜 일을 벌여? 길드를 만들어도 적당히 해쳐먹고, 적당히 기면 되었을 건데?"

"흡. 그러는 장인 어른은 왜 그랬답니까?"

"험……."

그의 과거. 그도 나와 비슷했다. 힘을 얻었고, 그도 세상을 바꿔보려 하던 때가 있었다. 꽤 성공적이었다는 것도 들었었다. 정우혁의 아버지와 함께 분명 많은 걸 바꿨다.

하지만 모든 걸 바꾸진 못했다.

그들이 전부를 바꿨다면 정우혁의 아버지가 그리 가지도, 헌터 관리원과 같은 것들이 존재하지도 않았을 테니까.

반쯤의 성공과 반쯤의 실패를 했다.

그 뒤로 한철은 헌터계의 전면에서 사라졌다. 부인인 스승 이송아도 마찬가지.

세상에 실망을 한 건지, 아니면 어떤 이유에서인지는 몰라도 그들은 그렇게 물러났다. 현역에서.

그런 그들에게 내가 말하고 있다.

"같이 해 봅시다. 같이요. 우리가 다시 바꿔보자 이겁니다."

"……실패했었다. 네 생각보다 그들은 강해."

"알죠. 강할 겁니다. 강한 거 압니다. 그래도 말입니다."

답답함에 가슴을 쿵 쳤다. 그리곤 진심을 담아 말했다.

"찌질했던 이놈이 알면 알수록 답답하다 이겁니다. 사람이, 다 같은 사람인데…… 뭔가 이상하다 이겁니다. 뭔가가."

비틀어졌다. 썩었다. 이상하다.

표현할 말은 많다. 이 모자란 놈도 알 만큼 헌터계는 이상했다. 아니 모든 것이 이상할지도 몰랐다.

싹이 자라 오르려고 하면 싹을 밟는다.

몬스터들을 잡아야 한다고 말하는 주제에, 몬스터들을 잡기 위해서 투입하는 돈은 많은 주제에 잡으려 하지 않는다.

그대로 둔다. 되레 이용할 뿐이었다.

저 바깥에 몬스터들이 날뛴다. 죽여도 죽여도 놈들은 다시 쳐들어온다. 그러니 방비를 철저히 하자.

당하지 않으려면 준비를 해야 한다.

그러니 헌터들은 많은 걸 누려야 한다. 아니 그 위에 있는 길드와 그 위에 있는 왕들은 더 많은 걸 가져야 한다.

그래야만 몬스터로부터 시민들을 지킬 수 있다. 그리 말한다.

'말뿐이지…….'

상황을 이용해서 자신들의 이득만을 챙긴다.

못사는 자는 계속해서 나락으로 떨어지게 만든다. 고아들이 넘치는데도 그들을 거두지 않는다. 그들을 신경 쓰지 않는다.

그저 자신들의 이권을 지키는 데만 혈안이 되어 있다. 항상 그런 식이었다.

'적어도 내가 본 건 그랬지.'

사람이 이기적일 수 있는 건 안다. 사람이 착하기만 하지 않다는 건 안다. 나조차도 이기적이다.

조금만 고개를 숙이고, 두 손을 쥐고 아부를 떨면 콩고물이 떨어질 거란 사실도 알았다.

하지만 그럼에도 하지 않았다.

적어도 최소한의 선이라는 건 알고 있고, 저들이 잘못되었음을 알기 때문이다.

"……살다 보니까 인연이 쌓인단 말입니다. 그리고 그 인연들이 꼬였더랩니다. 다 불쌍하다 이겁니다."

"……."

허웅, 마동수.

그들도 의뢰를 받고 꼬였다. 받고 싶어 받았을까. 위로 올라가고 싶어 욕심을 부려서 그렇게 된 걸까? 그깟 욕심 좀 부렸다고 그들이 나쁜 놈일까.

이서영은? 이준성? 이미 죽어버린 정상수나 주은영은?

그들에게 제대로 된 삶을 살 수 있는 선택권이라도 있었던가? 힘이 주어졌다고 해서 자신들의 능력을 제대로 사용할 수 있는 곳이 있었던가?

또한 그들에게 희생당한 자들. 철인은? 운이철은?

'다 꼬였지.'

그들 나름 사람답게 살려고 했을 뿐인데 꼬였다.

그리고 그런 자들이 어쩌다 보니 모두 내 옆에 있게 됐다. 어느 순간부터 함께하게 되었다.

"불쌍하다고 나서면, 나서다가 죽으면? 그럼 억울하지 않겠냐?"

"푸핫. 시발…… 세상 사는 게 안 억울한 게 어디 있습니까. 어차피 억울할 거면 풀기라도 하고 죽어보려 그러는 겁니다. 저 위에 있는 새끼들한테 나 같은 놈도 있다. 더는 지랄 좀 하지 마라. 그 말 한 번 하려고요. 됐습니까?"

"하…… 미친 새끼."

그런 상황에서 내가 물러설 수 있겠나? 한철의 말대로 내가 미친 새끼일지도 몰랐다.

조용히 살면 될 걸 괜히 나선 걸 수도 있다. 큰 그림이니, 계획이니 뭐니 하면서 겉멋이 들어서 하룻강아지처럼 날뛰는 걸 수도 있다.

하지만 그럼에도.

'이미 멈출 수 없다.'

여기까지 왔다. 많은 것이 걸렸다. 해내야 했다.

그렇기에 말했다.

"다 바꾸지 못할지도 모릅니다. 장인 어른처럼 반만 성공할지도 모르죠. 그래도 한 손 보태 주면 안 됩니까? 하찮은 불 노예 놈 한 번 도와주면 안 되겠습니까?"

"……개새끼다. 넌. 정말로."

"그럴지도요."

"후…… 또 후회할 짓 하는군."

한철이 조용히 손을 내밀었다. 그 손을 맞잡았다.

나의 뜻이 통했는지, 어쩐지는 모른다. 내가 한철이 아닌데 그의 속을 어찌 알까. 그래도 하나 확실한 건.

"끝나면 굴릴 거다. 미친 듯이. 요즘 불빨이 좀 필요하거든."

"……헹. 마음대로 될 거 같습니까? 이제는 노예 아닙니다만?"

"닥쳐! 너 때문에 흥이 다 깨졌잖아!"

“……뭔가 이상한데.”

꽤나 감동적이었던 거 같은데. 마지막이 어째 이상하다.

하기는 내가 언제 마지막까지 괜찮았던가. 항상 잘나가다 삐끗하던 게 나 아닌가. 그래도 상관은 없었다.

‘드디어…….’

장인 한철, 그를 얻었다.

장인으로서를 떠나 알게 모르게 헌터계에 많은 영향력을 가진 그를 영입했다.

큰 과제 중 하나를 해냈다!

*　　*　　*

육욕의 왕이 집중을 하고 보니 걸리는 것들이 있었다. 바로 김기환이 준비한 것들. 가장 먼저 신경 쓰이는 건 역시 눈에 보이는 것들이었다.

“벽을 쌓았다고?”

“꽤 되기는 했습니다. 다만 속도가 빠릅니다. 지난번에 보고드린 것 이상입니다.”

“흠…… 보지.”

그의 보좌들이 화면을 띄운다. 그곳에는 이호준의 감독하에 벽을 쌓고 있는 모습이 처음부터 빠르게 재생되고 있었다.

"능력자를 썼군."

"잘도 구한 것 같습니다. 운이 좋았겠지요."

"아니야. 운이라고 하기엔 너무 많아. 세력이 껴 있는 건가."

자신 외에 다른 왕이 김기환을 노리는 걸까? 그도 아니면 김기환을 후계로 생각하는 걸까?

예전이었다면 가능성은 충분했다.

'그럴 리가…….'

하지만 지금은 아니었다.

이미 반기전을 통해서 공표를 한 지 오래다. 김기환은 자신의 것이라고. 이번 일만큼은 자신의 손으로 끝낸다 말했다.

그런 상황에서 다른 왕들이 나선다? 말이 안 된다. 그랬더라면 처음부터 알았을 거다.

결국 결론은 이미 나와 있었다.

"세력이 아닌 다른 뭔가가 있는 거군."

"…… 바로 알아보겠습니다."

그들이 알지 못하는 세력. 그들의 눈을 벗어난 자들이 있다는 거다.

달리 말하면 그릇을 키운 김기환은 자신의 그릇 못지않

게, 세력도 키우고 있다는 소리다.

'진미일수록 맛보기 힘든 법이지.'

하지만 그렇다 해서 육욕의 왕은 가만 지켜보기만 할 생각은 없었다.

본디 맛있는 진미는 이리저리 째고, 자르고, 다듬어서 완벽에 가까운 예술품으로 만들어야 했다.

맡기만 해도 침이 고이는 맛좋은 향에, 보기에도 좋은 그런 것들이 맛도 좋은 법이었다.

김기환은 한입에 삼키는 그런 에피타이저가 아니라, 공들여 먹어야 할 진미인 터. 평생에 두 번을 맛볼 수 있을까 싶은 그런 진미였다.

'수고 정도야 할 수 있는 법이지.'

그런 진미에게 공을 들이는 것 정도야 아깝지도 않은 일이었다. 다소의 출혈도 감수할 수 있었다. 그렇기에 육욕의 왕은.

"알아보면서, 부산 쪽의 그놈들도 부르도록 해."

"……부산 상황이 지금 좋지 못한 터라 쉽게는 안 올 겁니다. 꽤 비싼 값을 치러야 할 텐데요."

부산. 그곳은 이준혁이 날뛰고 있었다. 그런 상황에서 세력을 데려오려면 보통의 출혈로는 안 될 거다.

하지만 육욕의 왕은 아주 시원스럽게 고개를 끄덕였다.

한 점의 망설임도 없었다.

"괜찮아. 그 정도 가치는 있으니까."

"알겠습니다. 동시에 진행하겠습니다."

그의 확고한 의지를 본 보좌관들이 분주히 움직이기 시작했다.

그들의 움직임은 곧 결과로 나올 거다. 김기환 그로서는 생각도 못 한 한바탕 난전을 벌여야 할 테고,

그때는 저 두터운 성벽이라는 껍질이 사라질 거다. 그리고 그가 그토록 아끼는 길드원들도.

오직 날것의 김기환. 먹음직한 그만이 남겠지.

'어디까지 저며지나 볼까.'

그때를 기다리는 육욕의 왕이었다. 들뜬 몸으로. 그러면서도 아주 차분하게!

* * *

음습한 것들이 다가오고 있는 걸 아는지 모르는지.

"크아…… 뭐 이리 무겁습니까! 공간 장치에 넣으면 되는 걸!"

"시끄러! 이런 장치들은 그렇게 넣었다가는 망가진다고! 잠시 기다려 봐라."

또 한철과 함께 한바탕 촌극을 벌이고 있었다.

김기환과 함께 하기로 한 한철은 아주 빠르게 움직였다. 옮겨야 할 것들이 있다고 하면서 김기환을 재촉했다.

그곳에서 김기환이 가서 본 광경은 이미 포장이 된 장비들.

'미리 준비를 했어?'

포장된 것들은 하루 이틀 준비해서 될 것들이 아니었다.

장비를 애지중지하는 한철의 성격상 이 정도 준비를 하려면 꽤 오랜 시간이 걸렸을 게 분명하다.

그가 미리 떠날 준비를 했다는 건, 다른 의미로 보면 김기환과 함께할 마음을 이미 오래전부터 먹었다는 뜻이었다.

김기환과 함께할 것이 아니었더라면, 이런 식으로 애지중지하는 장비들을 포장할 필요도 없을 테니까.

덕분에 시간이 절약되기는 했지만, 김기환으로서는 어이가 없을 뿐이었다.

'……어차피 참여할 거면 대체 왜 아까 그 난리를 피운 거야?'

이미 전부터 같이 하기로 마음을 먹었더라면, 그냥 곱게 참여를 하면 되지 않은가?

왜 장비들은 다 챙겨놓고, 아까 그 난리를 피운단 말인가!

본래부터 한철이 튕기는 성격인 건 알지만 이건 좀 너무했다.

'……썩을.'

어쩐지 당한 느낌이었다.

그래도 따질 순 없었다. 여기서 따졌다가는 저 고약한 성질머리로 또 무슨 소리를 해댈지를 몰랐다.

해서 곱게 짐을 들었는데, 어지간한 장정들은 힘에 부칠 정도로 무거웠다. 강해진 김기환으로서도 힘들 정도였다.

"크흐……."

"싸게 싸게 넣어."

거기다 한철은 어디를 다녀오나 했더니.

부우웅—

전에 없던 거대한 트레일러까지 끌고 들어오고 있었다. 보통은 보기 힘든 어마어마한 크기의 트럭을 잘도 운전해서.

이 또한 미리 준비한 게 분명할 터!

"……철저하게 준비했네. 썩을."

어째 이 정도로 꼼꼼하게 준비를 한 한철을 보고 있자니 속이 뒤집어질 수밖에 없었다.

'트레일러 준비할 거면 짐도 미리 넣어두든가.'

분명히 김기환을 괴롭히려고 짐은 따로 빼놓고 안 넣은 것이 분명했다.

"흐흐. 어서 넣어라! 어서! 노예 놈아!"

재촉하는 한철을 보면서 확신을 하는 김기환이었다! 처음부터 끝까지 노렸다! 분명히!

'두고 보자고…… 돌아가기만 하면…….'

서부로 돌아가서는 어떤 식으로든 복수를 계획하고 있는 김기환. 하지만 과연 그의 생각대로 될는지는 두고 보아야 했다.

'새끼. 내가 혼자 죽을 거 같냐? 흐흐.'

뛰는 김기환 위에서 한철은 이미 날고 있었다. 여러 가지로!

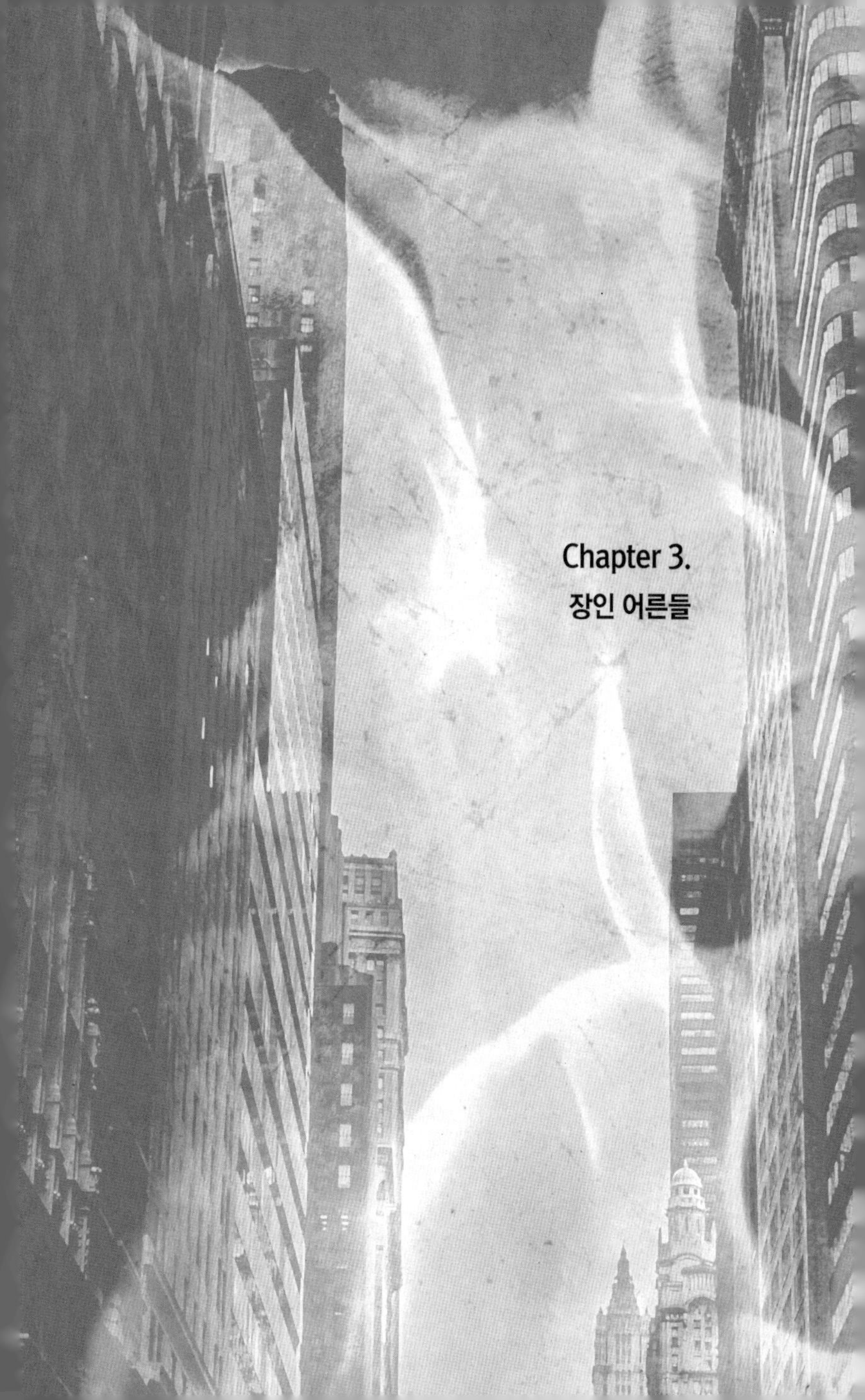

Chapter 3.
장인 어른들

하루 온종일이 걸렸다.

누가 도와주지도 않으니 시간이 오래 걸릴 수밖에 없다. 거기다 잔소리는 끝도 없었다.

"조심하라고!"

"예민한 아이라고 했잖나! 망가지면 네가 책임질 거야!?"

"이놈의 노예 새끼!"

장비를 나르다가 던져버리고 싶을 때가 한두 번이 아니었다.

하지만 어쩌겠는가. 적어도 돌아갈 때까지는 내가 갑이 아니었다. 일단 돌아가기만 하면 그 뒤는.

'죽도록 부려주겠어!'

정말 각오가 섰다. 무슨 일이 있어도, 이 장인 어른 아니 장인 놈을 노예로 만들겠다는 각오가 확실히 섰다.

죄책감? 그딴 게 있을 리가!

미친 듯이 휘둘러 주려고 마음을 먹었다. 갈구고 또 갈궈서 아주 완벽하게 갈아버릴 거다.

장비 쭉쭉 뽑아내고, 있던 장비 업그레이드 시키고, 밥 한 끼 먹을 시간도 없이 바삐 돌리기로 마음을 먹었다.

"끝났다!"

"새끼, 느리기는. 그럼 바로 출발하자고!"

"내내 전화만 돌리다가 온 사람이 할 말은 아닙니다만은? 뭐 덕분에 잔소리 없어서 좋았긴 했습니다."

"헹…… 잔소리라니? 다 네가 손이 금손이 아니라 곰손이라 장비 망가트릴까 봐 조언한 게지!"

"……그런 조언 두 번이면 죽겠네요. 죽겠어."

결국 끝을 냈다. 잔소리의 폭격 속에서도 트레일러를 꽉꽉 채워냈다.

'넓긴 하다.'

장비가 다 빠져나온 창고는 휑해 보일 정도였다. 전에는 장비가 그득해서 몰랐는데 안이 굉장히 넓었다.

달리 이야기하면 이 안에 있던 장비를 나 홀로 다 옮겼다는 거니, 그만큼 고생을 했다는 소리기도 했다.

정말 어마어마했다.

중간에 한철이 볼일 보겠답시고 통화를 하러 가지 않고 잔소리를 더 했더라면 폭발을 했을 정도로 많았다.

그 짓도 이제 끝!

"출발하죠? 기사님!"

"……못난 놈. 아직까지도 트레일러를 못 모냐?"

"그딴 거 알 게 뭡니까! 가요! 가!"

트레일러에 모두 탔다. 스승과 한서은도 뒷자리에 함께였다.

그 상태 그대로 아주 상큼하니 재촉을 하면서 달려갔다.

"흐흐……."

두고 보자는 마음가짐을 가지고, 실실 웃으면서. 하지만 그때 난 또 안일했다.

*　　*　　*

끼이이이익—

짐을 가득 실은 트레일러답게 서는 것도 일이었다.

오는데도 꽤 시간이 걸리기도 했다. 한국 도로에서 트레일러를 움직이는 일 자체가 쉬울 수가 없었으니까.

그래도 용케 도착을 했다. 이른 시간에 갔는데 어느덧 때는 밤이 된 지 한참이었다.

"저기 세우면 됩니다. 저기. 미리 공방 할 곳도 마련해 놨다고요."

"크흠…… 뭐 제법 괜찮은 데를 구했구나?"

"본래는 조직 같은 곳이 본거지로 쓰던 곳이긴 한데, 리모델링은 제대로 해 놨으니 문제없을 겁니다. 전보다 넓을걸요? 건물 전체니까요."

"척 봐도 괜찮아 보이네. 잘했다, 노예."

"여기서는 그런 말 하지 말라니까요? 이래 봬도 길드장이라고요!"

"시끄럽다 노예!"

"……젠장. 앓느니 죽지."

다행히 한철은 새로 마련된 공방을 마음에 들어 했다. 꽤 신경을 쓴 보람이 있었다.

차를 대고 나서.

터억.

작은 키로 잘도 트레일러에서 뛰어내린 한철은 갑작스레 또 재촉을 시작했다.

"가자."

"어딜요?"

"본부 가야지. 본부. 봐야 할 사람들도 있지 않냐?"

"흠…… 뭐 그렇기야 한데 밤이잖아요. 내일 봐도 문제 없지 않아요?"

하루 종일 한철에게 시달린 상태. 평소라면 이 시간에도 끄떡없었겠지만, 지금은 너무 피곤했다.

해서 소개고 뭐고 다음으로 미루려는데.

"봐야 할 사람이 있다니까?"

"……하참."

이 양반 막무가내였다. 이 기세라면 내가 어떤 짓을 해도 듣지 않을 기세였다.

어쩌겠는가.

"갑시다! 가!"

데리고 갈 수밖에 없었다.

*　　*　　*

도착을 한 것까지는 좋았는데.

"오셨습니까?"

"예. 근데 일 많지 않습니까? 어쩐 일로 나와 계신 겁니까?"

한창 천정과 제니스의 사람들로부터 정보를 받아내야 할

운이철이 바깥에 나와 있었다.

'힘들었나…….'

무슨 일이 있었던 건지 그는 나만큼이나 피로해 보였다. 사람에 꽤 시달린 표정이다.

"……손님이 많았잖습니까?"

"손님이요?"

뭔 소리인가 이게?

"길드장님이 데려오신 거 아닙니까? 그리 들었습니다만은?"

"예?"

"……당하셨군요. 뭐 그래도 일 처리는 잘하셨습니다. 예상외로 많이 얻으셨으니까."

"대체……."

오싹.

갑자기 불안감이 샘솟는 느낌이었다.

'손님이라니?'

나를 괴롭히는 데 취미가 들린 한철. 그런 한철이 볼일 본답시고 좋아하던 잔소리도 내팽개치고 하던 전화들.

그리고 여기에 있다는 손님?

오랜만에 내가 부렸던 안일함까지!

이건 무슨 법칙처럼 불안해지지 않는가?

내가 안일하면 항상 무슨 일이 일어났다! 다 좋더라도 뒤끝이 안 좋을 때가 많았다! 지금의 느낌처럼.

"뭐하냐? 어서 안 들어가고?"

몸을 부르르 떨고 있으려니 한철이 재촉을 한다.

희희낙락한 것이 뭔가 한 건 크게 해냈다는 표정이었다.

'젠장…… 당한 건가?'

불안감이 다시 엄습한다. 하지만 달리 방법은 없었다. 여기서 물러날 수도 없는 노릇이었다.

"……일단 들어가 보지요. 고생했습니다."

"건투를 빌겠습니다."

미친 짓을 벌이러 사냥을 나갈 때도 빌지 않던 건투를 지금 빌어주는 운이철이었다.

'……뭔가 잘못됐어.'

잘못돼도 한참 잘못되고 있었다!

* * *

입장한 곳은 본부 내 간부 회의실.

간부가 아주 많은 것도 아니었지만, 앞으로 확장할 것은 당연한 이야기. 그렇기에 길드 내에서도 단일로는 꽤 넓은 크기를 자랑하는 곳 중에 하나였다.

'이곳인가……'

이곳은 내 영역이나 다름이 없는데, 어째 들어가기가 꺼려졌다. 뜸을 들이고 있으려니.

"뭐해? 안 들어가고?"

역시 재촉을 한다. 하지만 나는 느껴지는 바가 있었다.

"여기 안에서 느껴지는 인기척들이 다 뭐랍니까?"

"뭐긴 뭐야? 아까 운이철 놈이 손님이라잖아?"

"……저는 손님을 부른 적이 없습니다만은?"

"허허…… 이 노예놈아! 세상 바꾸겠다며?"

"그렇죠?"

"큰일 한번 해보겠다며? 실패하든 성공하든 간에?"

"역시 그렇죠?"

"그래서 불렀다! 흐흐. 싸게 싸게 들어가자고."

쿠웅—

내가 미처 반응을 하기도 전에 먼저 나서서 문을 열어 재끼는 한철이었다.

크게 들리는 문소리에 안에 있던 자들의 시선이 이곳을 향해서 꽂힌다.

"여어!"

한철이 반가운 듯 손을 들어 올린다. 친한 친구라도 부른다는 듯이.

"오오!"

"왔는가?"

각양각색의 사람들이 정확히 한철을 반기고 있었다.

'기름 냄새…….'

기름 냄새. 쇠 냄새. 몬스터 사체의 냄새. 온몸에 정석을 두른 인물 덕에 느껴지는 정석의 힘.

길드원들로부터는 느끼기 힘든, 전혀 다른 종류의 이능력의 느낌.

'……거의 확실한데?'

거기에 풍기는 기세까지.

이쯤 되면 확실하지 않은가?

눈치 없는 나라고 하더라도 느낄 수 있었다. 이건!

여기에는.

'한철…….'

한철. 아니 한철과 같은 덩어리들! 척 봐도 한철과 같은 과에 있는 자들이 수두룩 빽빽하니 모여들어 있었다!

한곳에!

그들 모두가.

"저치야?"

"흐흐. 천하의 한철을 불러들인 놈이 저놈이라 이거지?"

생김새. 분위기. 영역이 달라도 알 수 있었다. 저자들은 모두 한철이다.

'……지옥인가. 여기가?'

한철의 지옥에 빠진 느낌이다.

*　　*　　*

아아. 내가 바람둥이는 아니더라도 차라리 여인들이 많은 하렘이라고 한다면 행복할 수 있을 텐데.

아니 단 한 명의 여인만 있더라도 행복할 텐데! 나는 욕심 많은 사람도 아니니까!

하지만.

'……장인 어른들이.'

이렇게 장인들이 많아서야 결코 행복해질 수가 없는 느낌이었다. 특히나 아무리 봐도 한철과 같은 과로 보이는 사람이라면 더더욱!

'원래 장인들은 다 저런가.'

장인. 한 영역의 대가.

그들을 생각하면 딱 떠오르는 이미지 같은 게 있지 않은가?

고집불통이라고 하더라도 자신의 길을 걷는 이미지.

자신의 작품을 위해서라면 자신의 모든 것과 혼신의 힘

을 다 바쳐 묵묵하게 움직이는 그런 이미지가!

하지만 여기는 아니었다.

장인이라고 하면 머릿속에 그려지는 일반적인 장인들이 아니라, 죄다 한철이었다. 실력은 몰라도 성질머리는 완전히 닮았다!

"흐음…… 생긴 건 별론데?"

"어디 생긴 걸로 일 시키나. 이놈 불이 아주 쓸 만하다잖아? 그치?"

"아무렴! 얘가 생긴 건 이래도 불은 좋아. 암! 그거 빼면 뭐 있나?"

품평을 하는데 여기서 맞장구를 치고 있는 한철은 또 뭔가.

"휴우……."

내가 한숨을 쉬든 말든 한철은 아주 신나 있었다.

판매만 했다 하면 히트를 치는 홈쇼핑 쇼 호스트처럼 열을 올리기까지 했다.

"거 정석 세공할 때도 불 필요하잖아? 담금질할 때도 그렇고?"

"아무렴!"

"……이능력이 있어도 불은 필수지."

잘도 맞장구를 쳐주는 한철들.

"그때 이 녀석 한번 써봐. 일단 한번 딱 쓰면!"

"쓰면?!"

"어떻게 되는데?"

"아. 내가 지금까지 썼던 불은 가짜였구나. 작품을 만들려면 이 노예가 필요하구나. 딱 그 생각이 든다고!"

"오오!"

"얼만가!?"

얼마냐는 소리까지 나온다.

하기는 다들 장인이라면, 돈은 넘쳐날 거다. 장인은 곧 재벌이라는 소리도 괜히 있는 건 아니니까.

한철은 그런 그들을 잘도 휘두르고 있었다.

"허허이. 이런 좋은 노예를 어디 돈으로 사려고! 여기 돈 없는 사람이 어딨나!"

"그럼?"

"우정으로 가는 거지! 돌려 쓰자고!"

"오오오오!"

"오오, 돌려 쓰는 건가!"

"그렇지! 자고로 좋은 건 나눠 써야지 않나!"

"역시! 온 보람이 있어!"

"한번 쓰고 보라고! 한번! 흐흐. 그때 가서는 아주 손맛이!"

이야기는 점점 점입가경으로 빠져들어 가고 있었다. 나로서는 상황상 어찌 끼어들지도 못할 지경.

'……불노예 확정인가. 이래 봬도 길드장인데?'

한철 한 명만 데려오면 다 끝날 것이라 생각을 하고 있었는데 그건 시작에 불과했다.

나를 쳐다보는 저자들의 빛나는 눈을 보라!

늑대가 어린 양을 잡아먹을 듯이 미친 듯한 광기를 보이고 있었다. 벌써부터!

'아아…….'

주여.

나는 내 손으로, 나를 지옥으로 끌어당겼나이다.

"크……."

나도 모르게 신음이 비어져 나오는 상황이었다.

* * *

"이거 어떻게 합니까?"

항의를 할 수도 없었다. 알아보니 이들은 모두 이 바닥에서 알아주는 장인이었다. 이들이 정석을 세공하면 그건 천하에 둘도 없는, 이능력을 강화해 주는 장신구가 된단다.

한철이 저래 보여서 그렇지, 제대로만 공을 들이면 값을 치르기도 힘든 무구가 된단다.

몬스터의 가죽도 다루는 자가 있단다.

그중에 세공사도 있는데 안 그래도 강력한 것들을 이능력을 부여할 수도 있단다.

나로서는 모르던 장비의 세계를 다시 알게 된 느낌이다.

그동안은 미친 불빨을 가지고 힘빨로 밀어붙였는데, 내가 모르던 장비빨이라는 것도 어마어마한 영역이었다.

'……다 장비하면 몇 배는 세질지도?'

굳이 내가 장비를 할 것도 없이 길드원들이 장비를 하게 되면 전력이 몇 배는 더 상승할 거 같았다.

안 그래도 한철 한 명을 끌어들이는 것만으로도, 전력을 상승시킨다고 할 수 있을 상황이었다.

그런 상황에서 열댓 명은 더 되는 장인들을 얻었다.

그들이 도제나 제자랍시고 데려온 자들까지 하면 벌써 수십 명이다!

한철이야 제자 따위는 들이지도 않았지만, 그게 아닌 자들은 제자들로부터 수발까지 받으며 활동을 하고 있을 정도였다.

'……장비빨이라.'

본신의 힘이 안 되면 강한 장비로라도 힘을 올리는 헌터들도 있다고 하더니.

"어떠냐? 좋지?"

"……젠장."

이들이 맛보기로 보여준 장비만 써 봐도 느낌이 달랐다. 느낌이.

목걸이랍시고 정석으로 수를 놓은 목걸이는 아름다운 모습을 떠나서, 불의 움직임을 더 원활하게 해주고 있었다.

다른 장비들도 마찬가지였다.

전보다 더 쉽게 불빨을 받았다. 저항이 느껴지지 않았다. 손에 착 감기는 느낌은 덤이었다.

그중 가장 백미는.

'……검인가.'

한철이 새로 만들었다는 검. 그리고 가슴의 방어구 겸 비장의 그것.

그가 공들였다고 하는 이 장비들은 지금까지 사용했던 내 모든 장비들을 쓰레기로 만드는 느낌이었다.

지금까지는 성능 1짜리 무구를 썼었다면, 지금 착용한 것은 성능 10은 되는 느낌! 너무도 직관적인 설명이지만, 이 외에는 달리 설명도 되지 않는 그런 기분이었다.

"한참 전에 완성했다고? 네가 일찍 왔으면 미리 받았을 거다."

"크흐……."

한철의 말대로 정말 이 장비만 있었더라면, 정상수를 상대할 때 훨씬 수월했을 거 같은 느낌이다.

전투에 있어서는 장비가 전부가 아니라고 말하고 싶지만, 명품이나 다름없는 이것들은 그런 말을 쏙 들어가게 했다.

그야말로 급이 달랐다 급이!

'이거면…… 정말 쉽게 될지도.'

이능력자들이 만들어 내는 서부의 요새.

정상수로부터 얻어낸 것들. 거기에 장비까지 더하게 되면? 예정에도 없던 장인들을 생각하면?

처음 계획을 했던 것 이상으로 쉽게 계획을 성공시킬 수 있지 않을까 싶을 정도다!

없던 자신감이 무럭무럭 생기는 느낌이었다!

한 명, 한 명이 어디 가서 꿀리는 자들도 아니니, 그들이 본격적으로 능력을 발휘하면 분명 힘이 될 거다.

하지만 상황이 좋지 못했다.

"좋지 않더냐? 어디 가서 스카웃한다고 되는 애들이 아니라고? 다 이 몸이 부른 덕분이지!"

"크흐……."

반박을 하려야 할 수가 없었다. 거기다 이들을 한철이 데려왔다는 것도 컸다.

"그러니 네놈이 잘해야지 않겠냐? 엉? 네놈 불 구경도 하려고 온 거라고. 다!"

"……저 이래 봬도 길드장입니다만……."

"시끄러! 어서 준비나 하라고!"

그에 대한 대가는 나였다. 길드장으로서가 아니라 불 노예로서의 나!

'……깽판 치고 싶다.'

마음 같아서는 거부하고 싶었다. 내가 여기까지 어찌 해 왔는데, 이제 와서 또 불 노예 노릇이란 말인가! 정말로 이제 와서!

그렇다고 안 할 수가 없다.

내가 고생을 하면 할수록 더욱 좋은 장비들이 나올 테니까. 그리고 그 장비들이 길드원들에게로 돌아가 힘이 될 테니까!

나의 고생 한 번으로, 앞으로 함께할 길드원들의 생존 확률을 높일 수 있다는데 어쩌겠는가.

이건 사냥 이상으로 중요했다.

"흐흐흐. 어서 준비해야지?"

"……젠장."

명분은 이미 한철이 가지고 있었다. 젠장스럽게도!

*　　*　　*

한번 떼를 써 봤다.

아무리 나라도 하루 종일 불 노예짓이라니. 그런 건 나로선 사양이었다.

내 나름 길드장이라는 위치가 있지 않은가? 거기에 나름 길드장으로서 해야 할 일도 많다고 생각했다.

하지만 애써 도움을 요청한 운이철은.

"어쩌겠습니까. 다 자업자득이지요."

"하! 제가 원해서 그런 게 아니라니까요?"

어쩐 일에선지 이미 돌아서 있었다.

'협상이라도 한 건가.'

나를 가지고 어떤 협상이라도 한 듯, 마치 적을 대하는 것 같은 냉철한 눈빛으로 나를 바라보고 있었다!

"그래도 다들 한 영역에서 한가락씩 하는 분들 아닙니까. 방법 없지요."

"그럼 길드 일은요?"

"……어차피 실무는 제가 하면 되지 않습니까. 본래 그래 왔던 것처럼"

"큭…… 배신자!"

"사실을 말한 거뿐입니다. 팩트 폭력이라고 하지요? 다녀오시죠."

"……젠장."

나의 편이라고 생각한 사람은 이미 없었다.

팩트 폭격기를 출격시켜서, 팩트로 공격을 하는 운이철만 있을 뿐.

선동과 날조로 승부를 하고 싶지만, 안 그래도 논리적인 운이철에게 날조를 하는 건 무리다. 그런 것도 머리가 좋아야 할 수 있는 거다.

결국 나로서는 명분도 없고, 떼를 써도 소용없는 상황.

다음 레이드. 혹은 다음 계획의 때까지는 불 노예를 해야 하는 그런 상황이었다. 빼도 박도 못한다.

그런데 어째.

"그런데 운이철 씨?"

"예?"

"……그 무기, 새 거 아닙니까. 그러고 보니 없던 팔찌가? 흐음…… 느껴지기로 정석 같은데요? 그러고 보니 길드원들도 뭐 하나 새로들 생긴 거 같던데……."

"설마요. 노코멘트 하겠습니다. 다들 노코멘트일 겁니다."

전에 비해서 운이철이 부유해 보이는 건 착각일까?

살짝 걸친 장비가 반짝 반짝해 보이는 것도 착각일까? 길드원들도 어쩐지 하나씩 새로 장비를 얻은 거 같은데?

'……배신자들.'

나를 팔아먹은 게 분명하다. 장비로!

하지만 심증은 있는데 물증은 없다.

아니 정확히는 저 새 장비들을 물증이라고 우겨도 받아주는 사람이 아무도 없을 거다.

다들 잡아뗄 것이 분명하니까!

운이철을 포함한 길드원들이 나를 장비에 팔아먹은 것이 분명하다.

"크흐…… 이 배신 기억할 겁니다."

"배신일 리가요."

"젠장! 젠장! 젠장할!"

오랜만에 불노예가 소환되고 있었다.

바로 나 자신이!

다들 주의하라.

어쩌면 배신자란 내가 생각지도 못한 주변에 있을지도 모른다. 아니 아주 확실히!

* * *

"여어!"

과연 장인들이라 이건가. 아니면 도제들이 혼을 갈아서

준비라도 한 것일까? 답은 알 수가 없다.

하나 확실한 건.

"……하루 만에 다 설치한 겁니까?"

"다는 아니지. 이쪽부터 먼저 한 거다. 순서상 내가 먼저니까! 흐흐."

저들이 생각 이상으로 의욕이 넘친다는 거다.

내가 어제 트레일러로 옮긴 짐은, 옮기는 것만 하더라도 반나절이 걸릴 정도의 양이었다.

그것도 이능력자로서 상급에 위치한 내가 잔뜩 힘을 써서 옮겨서 반나절이었다. 보통 사람이었더라면 몇이 달려들어도 꽤 시간이 걸렸을 게다.

그걸 날라서 온 게 어젯밤이었다.

나를 불 노예로 쓰겠다고 하면서 순서를 정하고, 어떻게 쓸지 상의를 하던 모욕적인 회의가 새벽까지 이어졌었고!

그렇게 해서 이제 딱 점심이 지났다. 불 노예짓을 할 때 하더라도 와서 짐이나 나르면 된다고 생각했다.

아무리 장인들이라고 해도 인간이고, 안 그래도 세밀한 장비라고 했으니 그걸 설치하기까지 꽤 오랜 시간이 걸릴 거라 봤다.

하지만 완벽한 오판이었다.

"……척 봐도 완벽해 보이네요."

아주 완벽하게 설치를 해 줬다. 누가 보더라도 깔끔했다. 짐을 나를 때 선도 꽤 많았던 것 같은데, 선 정리마저 완벽했다.

내가 알아보니 또 아이처럼 좋아하는 한철이었다.

"흐흐, 짜식. 그래도 불 노예짓 좀 했다고 장비가 어찌 잘 설치됐는지는 알아보는구나?"

"서당 개 삼 년이면 풍월을 읊는다고 하지 않습니까?"

"그래도 넌 삼 년간 노예 짓 한 건 아니니 개보다는 낫구나!"

"그거 칭찬입니까?"

"아마도? 흐흐. 어서 싸게 싸게 따라오기나 해!"

칭찬인지 욕인지 모를 소리를 들으면서 내가 안내된 곳은.

"……하늘이시여."

나로서는 익숙해지려야 익숙해질 수 없는 그것이 있는 곳이었다.

일명 특제 불 노예 기계! 또는 구속구라고도 불리는, 불미스러운 그것이 나의 눈앞에 떡하니 자리하고 있었다.

전보다는 더 커진 모습에!

불을 뿜는 구멍은 두 배는 더 늘어난 상태였다!

"……설마 업그레이드한 겁니까?"

"네가 하도 안 와서 조금 좀이 쑤셔야지? 아주 제대로 업그레이드해 주셨다! 그리고 이것 봐라."

차르르르— 척!

버튼 하나를 꾸욱 누르자, 땅에서부터 솟아나는 것이 있었다.

하루 사이에 땅에 이런 걸 설치한 거야 넘어간다고 쳐도,

"썩을. 두 번 업그레이드하면 진짜 노예 되겠습니다? 이 디자인은 뭡니까! 또!"

"허허. 노예 아니었냐?"

"……하."

나의 몸을 구속하던(?) 것들이 전보다 업그레이드가 됐을 줄이야.

팔을 걸치고서 양손으로 불을 뿜어내게 하던 그 장비들이, 전에 비해서 더욱 두툼해졌다. 엉덩이가 걸쳐져 있어야 할 곳엔 쿠션도 있었다. 불을 받아야 할 등만 휑하니 비어 있는 특이한 형태의 장비가 있었다.

"아주 그냥 향수가 일어나지? 응? 자자, 어서 들어가라고!"

"……."

굴욕적이다.

하지만 도망칠 수도 없다. 말없이 장비에 올라가는 것이

나로서는 최선의 반항.

철컥. 철컹.

'철컹?'

어째 이상한 효과음이 나면서 나의 팔이 구속된다. 딱 불을 뿜기 좋은 각도로 앞을 향해 뻗고 있었다. 다리도 고정이 된 상태.

익숙하고 싶지만 익숙할 수 없는 그런 상태였다.

그 모습을 만족스러운 듯 바라보며 고개를 끄덕이는 한철.

"시작은 간단하게 가자고?"

꾸욱.

다짜고짜 바로 버튼을 누른다.

화아아아악—

"크흐…… 미친?"

나로서도 놀랄 만큼 어마어마한 불길이 뿜어진다! 예전의 삼 단계를 뛰어넘는 화력이 날아든다!

"업그레이드의 힘이다! 자, 한번 놀아보자고!"

"크아아아아아!"

불 노예 18년. 아니 망할 불 노예짓이 다시 시작되고 있었다.

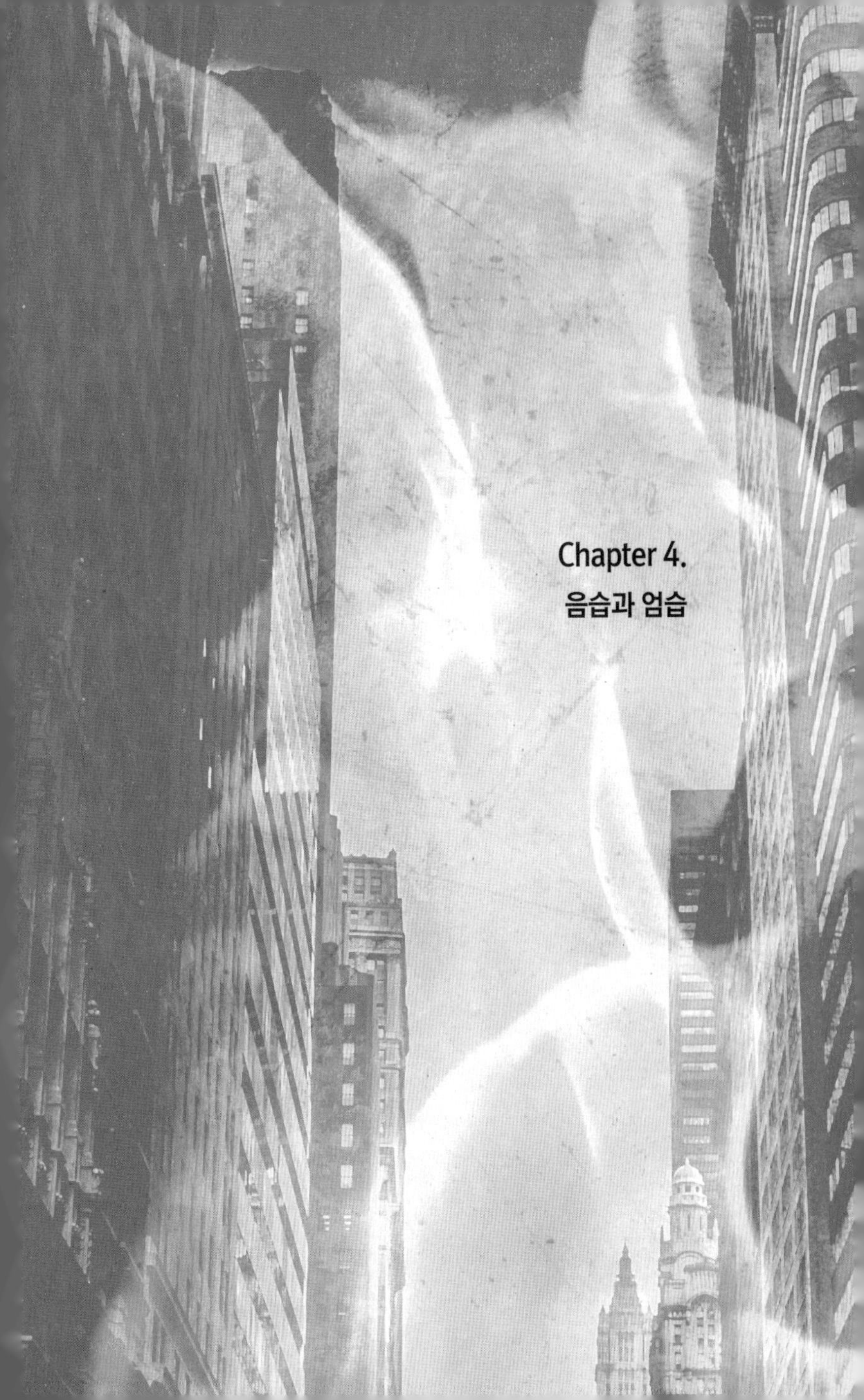

Chapter 4.
음습과 엄습

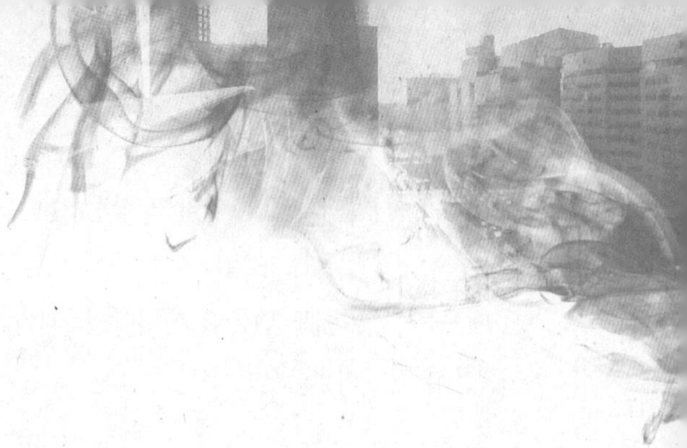

후아아아앙—

불이 뿜어진다. 아니 쏟아진다는 표현이 옳았다. 어마어마했다. 그러면서도 오로지 등짝! 등짝만을 노리고 들어왔다!

어마어마한 불길을 쏟아내면서도 오로지 등짝만 노리는 것이, 한철의 피땀 어린 노고와 집착을 느낄 수 있는 부분!

"우와아아아악!"

그걸 피할 수 없이 받아들여야만 하는 김기환으로서는 죽을 맛이었다.

"흐흐. 보자. 나는 끝났다!"

대장장이 일이라고 하더라도 항상 불만 필요한 건 아닌 터.

때로는 불 없이도 일을 진행해야 할 때가 있었다.

"잠시 기다리라고!"

꾸욱.

버튼을 다시 누르는 한철. 그 모습에.

'쉬, 쉬는 건가…….'

잠시 쉬는 건가 하는 희망을 갖게 되는 그였다.

미친 듯이 불을 받아들이고 뿜어내는 동안 힘이 쌓이기는커녕 피로가 쌓이는 김기환이었다.

이능력을 떠나서 정신적인 피로도가 상당히 쌓여서일까.

"하악…… 하……."

사냥을 하면서도 신음 한 번 내뱉지 않던 김기환의 신음이 뱉어진다.

하긴 무리도 아녔다. 길드원들의 배신(?)과 불노예 노릇이면 정신적 피로도가 쌓이기에 충분하다.

그래도 휴식을 할 수 있다는 것에 정신을 차리려는 상황이었는데.

"여어! 이제 내 차례지!?"

빼꼼히 문을 열고 들어서는 자가 있었다.

온몸을 정석으로 만든 장신구로 장식하고 있는 사람.

정석에 빠져서 살다 보니 어느덧 정석 관련 장인 소리까지 듣게 되었다는 김상수라는 자가 작업실 안으로 들어왔다.

본래 장인은 자신이 작업을 할 때 다른 이가 들어서면 실례다. 흥이, 아니 집중이 깨지니까.

그런데 이번만은 그게 아닌 것 같았다.

한철의 얼굴은 여전히 싱글벙글했다. 이미 들어올 걸 알고 있는 듯했다.

"아무렴. 나는 좀 비켜서 있을 테니 알아서 잘 쓰라고."

"흐흐. 좋지. 좋아."

"쉴 줄 알았나. 일해라! 불 노예!"

악동의 미소를 짓고 있는 한철은 지금 이 순간을 진심으로 즐기고 있었다.

"……시불."

오랜만에 욕지거리를 날리면서,

"크아아아아!"

후아아아아앙—

불길을 받아 다시 내뿜는 김기환이었다.

*　　*　　*

내뿜는 쪽은 다른 쪽도 있었다.

—크으……!

—캬아!

괴성을 내지르는 몬스터가 있었다.

오우거 둘.

제각기 색이 다르고, 크기가 달랐지만 종류는 오우거가 맞았다.

놈들은 몬스터답게 잔뜩 흉성을 내뱉고 있었다. 헌데 뭔가 이상했다. 옆에 증오스러운 인간이 있음에도 놈들은 반응하지 않았다.

잔뜩 흉성 어린 콧김을 내면서도 인간을 향해서 손을 휘두르지 않았다.

오우거라면 인간은 손으로 잡아 뜯거나, 으깨고 뭉개는 것이 당연함에도 놈들은 두 손을 꽉 쥐고 있을 뿐 움직이지 않았다.

몸만 부들부들 떨 뿐이었다.

옆에 있는 헌터들도 그것이 익숙한 듯 별다른 행동을 하지 않고 있었다.

스으으으—

무언가에 집중을 하는 듯 계속해서 오우거를 향해서 이능력의 빛을 뿜어내고 있을 뿐이었다.

"크흐……."

"더 버텨!"

빛을 뿜어내면 뿜어낼수록 오우거의 눈에 어린 흉성도 차차 줄어들었다.

이능력이 몬스터에게 무언가 영향을 주고 있는 것이 분명했다.

—캬아……

완전히 흉성이 죽었다. 두 마리 모두. 붉은빛이 완전히 사라졌다.

"성공입니다!"

"……됐군. 후우."

이능력으로 뭔가를 해낸 것이 분명했다. 길들여내기라도 한 듯.

—캬아아.

오우거들은 흉성을 완전히 잠재우고 가만 서 있을 뿐이었다.

그 모습을 자랑스럽다는 듯 바라보는 이능력자들이었다.

그들은 자신들이 얻은 오우거를 통해서 얻어낼 것들을 머리로 떠올리기까지 한 듯 흐뭇한 미소를 짓기까지 했다.

하기는 무려 오우거다.

개중에 조금만 특출 나면 레이드급 몬스터로도 취급받는

놈들이었다.

그런 오우거가 둘이다. 부부인지, 동료인지 모를 놈들이 둘이서 다니는 걸 한 번에 얻어냈다.

이능력자들로서도 오우거를 얻기 위해서 소모한 것들이 꽤 되기는 하지만, 오우거를 잘만 사용하면 남는 장사였다.

흐뭇해하는 것도 이해할 만했다.

"자아, 어디 한번 성과를…… 음?"

"누구냐?!"

한창 성과를 실험하려는 그들 앞에 누군가 모습을 드러냈다.

"……준비."

그들은 바로 살기를 일으켰다.

지금 오우거를 길들이는 장면은 많은 이들에게 알려져서는 안 되는 일이었다. 알게 모르게 이야기가 퍼지기는 했지만, 이렇게 대놓고 드러낼 일은 아니었다.

몬스터를 이용하는 걸 좋아할 자는 많지 않으니까.

—캬아아아!

—크륵……

그들의 의지가 바로 전해진 걸까.

전까지만 하더라도 흉포함을 죽었던 오우거들의 눈에 다시 흉포함이 깃든다. 눈이 붉어진다.

쿠웅. 쿵. 쿠웅.

뛰기 시작하는 두 마리의 오우거.

목표는 막 모습을 드러낸 헌터였다. 놈들이 뛸 때마다 지축이 울린다.

양손을 쫙 뻗는다. 두 손으로 헌터를 잡아채면 양옆으로 뜯어버릴 게 분명하다.

그러나 헌터들은 그런 오우거를 신경도 쓰지 않고 있었다.

되레 어느 한쪽에 시선을 두고 있었다.

"……슬슬 말려 주시죠? 여기까지 오는 데도 힘들었지 않습니까."

"그러지."

호위를 받듯 그들 중간에 서 있던 이.

이능력의 빛으로 보아서는 헌터인 게 분명한데도, 특이하게 장비는 착용치 않고 정복을 입고 있었다.

그가 헌터들 사이에서 모습을 드러냈다.

"헛……."

"머, 멈춰!"

그 모습을 보자마자, 오우거를 조종하던 헌터들이 재빨리 이능력을 발휘하기 시작했다.

순식간에 이능력의 빛이 오우거를 향해서 쏘아진다.

—크아아아아!

하지만 늦었다.

오우거가 정복을 입은 헌터에게 이미 손을 뻗었다. 아주 조금 더. 조금만 더 손이 나아가 닿는다면 헌터의 온몸이 으깨질 게 분명했다. 그도 아니면 찢어지거나!

하지만 그 순간 이변이 일어났다.

화아아아악—

정복을 입은 그로부터 순식간에 이능력이 발휘됐다.

—크아?

순간적으로 모든 것이 멈췄다. 오우거의 손도 그대로 멈춰버렸다. 굳었다.

오우거는 여전히 흉포함을 쏟아붓고 싶은 듯하지만, 몸이 따라주지 않았다.

"……버릇없는."

사내의 말이 끝나자마자.

콰즉. 콰즈즈즈즉.

오우거의 몸에 빗금이 가기 시작했다. 선이 그려졌다. 머리끝에서부터 발끝까지.

모든 선이 다 그려진 그 순간.

—크아아아아!

어그러졌다. 선이 그대로 날카로운 칼날이 됐다. 오우거가 산 채로 조각조각 나기 시작한다.

두 마리 모두!

투우욱. 툭.

육편이 돼버린 오우거의 육체가 산산조각 난 채로 바닥으로 떨어진다.

오우거 두 마리가 그대로 죽었다. 이능력으로 길들여진 오우거라지만 흉포함은 여전했다.

그런 오우거를 순식간에 산산조각 내다니. 보통 일은 아니었다.

"……헛."

"으음……."

그를 호위하고 왔던 이들이 침음성을 삼킨다.

여태 오기까지 알게 모르게 정복을 입은 그를 무시했던 그들이다. 헌데 이제 와서 보니 장비를 착용하고 있는 그들보다도 정복 입은 자가 더욱 강했다.

아니 감히 비교를 하기 힘들 정도였다.

오우거는 실력 있는 그들이라고 해도 꽤 공을 들여야 사냥이 가능했다.

그런 오우거를 한 번에 두 마리. 그것도 한 번에 압살을 할 줄이야.

내심 그를 무시했던 헌터들로서는 찔리는 바가 있을 수

밖에 없었다.

어색한 분위기가 이어진다.

그런 어색한 분위기를 깬 것은 호위를 하고 온 헌터들이 아니라,

"어이쿠! 철승 상, 아니 철승 님 오셨습니까! 뭐하냐! 어서 뫼시지 않고."

"오, 오셨습니까!"

아주 사색을 하고서 달려오는 자들이었다.

자신들이 겨우 힘을 써서 길들인 오우거를 잃었음에도 화가 나지 않는지, 그들은 철승이라는 정복을 입은 이를 향해 황송한 듯 다가갔다.

오우거가 그를 공격한 것을 이유로 혼이라도 날까 안절부절못하기까지 했다.

연신 고개까지 숙여댄다.

누가 보더라도 철승이라는 자에게 잔뜩 겁을 먹은 모습이었다.

철승은 그런 그들을 보면서 작게 미소를 지었다.

"타부. 몬스터 관리가 잘 안 되나 보지?"

"그, 그게…… 방금 길들인 것인지라…… 죄송합니다!"

"됐네. 우리가 타이밍이 안 좋긴 했지."

"……죄송합니다. 죄송합니다."

일단은 철승이 넘어가는 듯 보이니 작게 한숨까지 쉬면서 안도하는 타부였다.

타부라는 이름이 워낙 이상하기는 했지만, 여기서 그걸 신경 쓰는 자는 없었다.

다들 철승이 보인 힘에 질린 듯 신음을 삼키고 있을 뿐이었다.

"그나저나 무슨 일로 오신 겁니까? 요즘 위쪽도 크게 문제가 있다고 들었습니다만……."

"문제라…… 그리 보이던가?"

"아, 아닙니다!"

철승의 물음에 군기가 바짝 들어 대답한다. 손을 덜덜 떠는 것이 철승에 대한 어떤 공포가 각인돼 있는 게 분명하다.

"뭐 그리 보일 수도 있겠지. 해서…… 몇 명은 위로 좀 올라와 줘야겠는데?"

"지, 지금 말입니까?"

"그래. 지금."

"지금은…… 아시다시피 저희도 문제가……."

그들도 지금 사정은 안 좋았다.

위쪽의 서울만큼이나 아래에 있는 부산도 복잡한 상황이었다. 이준혁을 필두로 일어나서 움직이는 자들 때문에 골치가 아플 지경.

여기서 전력이 빠지는 것은 그들에게 죽으라는 말과 다름이 없었다.

타격이 없을 수가 없었다.

그걸 뻔히 알 텐데도.

화아아아악—

철승은 순식간에 기세를 키웠다.

"그래서 안 된다는 건가? 빚이 있을 텐데, 그대들은?"

"……큿."

그 기세에 몬스터를 길들였던 이들이 짓눌린다.

몬스터를 길들이는 데는 특화가 돼 있을지언정, 전투력 자체는 낮은 그들이었다. 버티기 쉬울 리가 없었다.

결국 항복 선언이 튀어나온다.

"가, 가겠습니다."

"좋아. 그래야지. 너무 걱정은 말게. 왕들 중에 한 분이 나서주시기로 했으니……."

"그렇습니까!"

왕이 나선다. 그 말에 기세에 짓눌리던 그들의 얼굴이 환하게 피어오른다.

그들 전력이 빠져나간다고 하더라도, 왕들 중에 하나가 나서면 이준혁이라고 하더라도 힘들 것을 예견하는 것이리라.

"어디로 가면 되는 겁니까?"

"……경기 서부. 모든 행동은 전처럼. 준비는 모두 됐네."

"바로 움직이겠습니다!"

"좋아."

과연 그들의 생각대로 일이 돌아갈는지는 모르겠지만, 그들은 철승의 말을 믿고 움직이기 시작했다.

*　　*　　*

변화는 결국 연쇄작용이었다.

누군가 하나가 변화를 하면 다른 이들도 변화를 시작하는 법이었다. 아니 할 수밖에 없었다. 하지 않고서야 도태가 될 테니까.

"어떻게 할 거야?"

"갈 거지?"

막 꽃이 피기 시작한 이유정. 이지적인 눈매가 돋보이는 이소정. 자매이면서 모두 이준혁 그에게 인연이 닿은 여인들이다.

그녀들의 물음에도.

"……."

준혁은 침묵하고 있었다.

그런 그를 바라보면서 그녀들은 현재의 상황이 마음에 들지 않는지 작게 인상을 찡그리고 있었다.

그럼에도 더는 보채지 않았다. 그가 답을 해 주기를 기다릴 뿐이었다.

짧지만 길게 느껴지는 침묵.

그 침묵을 먼저 깨는 쪽은 당연히 이준혁이었다.

"……가면 많이 힘들긴 하겠지?"

"당연해."

바로 나오는 대답. 딱 부러지는 대답이었다. 이유정도 의견이 같은 듯 금세 고개를 끄덕이고 있었다.

"흐음……."

힘든 시기가 많이 지났다. 김기환이 해낸 것만큼이나 부산에서 많은 것을 해낸 이준혁이었다. 덕분에 진지함뿐만이 아니라 예전의 유쾌함도 조금은 돌아왔다.

하지만 잠시의 여유였을 뿐이다.

지금까지 잘해 온 만큼 앞으로도 잘해야 했다.

그래야만 이준혁 그와 김기환, 정우혁. 그 셋이서 목표로 한 바를 이룰 수 있었다.

문제는 당장 집중 공격을 받는 것으로 보이는 김기환이

었다.

부산 쪽은 다행히 헌터 관리원의 손길이 크게 미치지 않지만, 김기환이 있는 서울은 누가 보더라도 헌터 관리원의 영향력이 컸다.

특히 거대 길드가 많았다.

이곳 부산이 거대 길드라는 테두리 아래에 범죄 조직들이 난립하고 있었다면, 서울은 부산과는 다른 형태로 정리가 된 곳이었다.

헌터 관리원을 표면에 두고 거대 길드들이 지배하는 형태였다.

범죄 조직은 거대 길드의 이용말로 쓰이거나, 부스러기나 주워 먹는 처지였다.

부산은 범죄 조직이 이끈다면, 서부는 공식적으로 거대 길드들이 이끄는 그런 형태의 다름이었다.

그런 와중에 경기 서부는 예외였다.

거대 길드에서 나서서 발전시키기에 떨어질 콩고물도 없고, 낙후돼도 너무 낙후된 상태였다.

몬스터들도 상당히 많은 상태.

그렇기에 빈집이었다. 그 예외적인 곳을 김기환이 잘 치고 들어갔다.

지금까지 잘해 왔다.

아직 헌터 관리원의 영향력이 있기는 하지만 서부를 거의 먹었다 할 수 있는 상황이었다.

문제는 그 상황을 저들이 깨부수려 한다는 것에 있었다.

멀리 있는 부산에서도 느껴질 만큼 그들의 움직임은 분주했다. 특히 부산에 있는 조직 몇이 움직인 것이 포착된 게 가장 걱정이었다.

'사형이 힘들겠는데…….'

인외적인 방법으로 김기환을 노리고 들어올 것이 분명했다. 그 뒤로 가장 큰 그들이 움직이겠지.

인간적이지 못한 방법이지만 그들이라면 충분히 그러고도 남았다.

그래서는 안 됐다.

셋 모두가 성공해야 했다. 셋 중 하나만 무너져도 도미노처럼 모두가 무너지게 된다.

문제는 여기 부산의 사정도 쉽지만은 않은 상황이라는 것.

잠시의 여유를 가질 정도로 많은 것을 해내기는 했지만, 아직 이준혁이 부산을 지배했다 할 수 있는 상황은 아니었다.

본진 부산도 문제, 서울도 문제인 상황. 결단을 내려야 했다.

그에 대한 이준혁의 대답은.

"나는……."

너무나도 그다운 대답이었다.

*　　*　　*

며칠 뒤.

언제 어디서나 몬스터가 날뛴다.

한국도 예외는 아녔다. 그렇기에 많은 이들이 자신의 터전에서 옮겨가기가 어려웠다.

잘못 지역을 이탈하다가 재수 없게 몬스터에게 걸리기라도 하면 목숨이 사라지는 경우도 있었다.

지극히 재수가 없는 경우기는 하지만 아주 없는 경우도 아니었다. 그러다 보니 많은 이들이 움직이는 것을 꺼려했다.

하지만 헌터들의 경우는 돈이나 명예 등 여러 이유로 이 지역 저 지역으로 움직이는 자들도 있기는 했다.

힘이 있는 그들이다 보니 위험 상황이 벌어진다고 하더라도 쉬이 이겨내기 때문이었다.

조금 위험한 루트도 움직일 수 있다 보니 이동 속도도 보통 사람에 비해서 빠른 편이었다.

스물 정도는 되는 헌터.

다들 상급의 헌터임을 증명하는지, 차려입은 장비들이 고급이었다. 어지간한 헌터들은 구경하기도 힘든 것들이 더러 보였다.

그들 모두 강행군을 하고 왔는지, 곳곳에 검은 때가 묻은 데다가 초췌한 기색이 역력했다.

"여기요."

"오. 여기입니까."

그나마 쌩쌩해 보이는 자들은 상급의 헌터가 아니라 그들 사이에 끼어 있는 자들이었다.

타부라 불리던 자였다. 특이하기만 한 그의 이름이 벌써 잊혀질 리가 없었다.

부산에 있던 그가 경기에까지 벌써 도달을 했다. 며칠이 걸렸다지만 어마어마하게 빠른 속도였다.

어지간히 철승에 대해서 두려워하고 있는 것이 분명했다.

아니면 그의 뒤. 육욕의 왕이 두려워서일지도 몰랐다. 탐욕스러운 그는 타부와 같은 일본에서 온 헌터들을 죽이는 걸 심심찮게 즐기던 때도 있었으니까.

한때 그들의 힘을 연구한답시고, 일본의 헌터들을 실험

체로 사용했다는 것은 한국에 있는 일본 헌터들 사이에 떠도는 유명한 괴담이었다.

증거와 힘이 없어 따지고 들지는 못하지만, 그저 괴담이라고 치부하기에는 사라진 자들이 너무 많았었다.

힘이 없으니 일본 헌터들이 당한 것이다. 약간은 통쾌한 일이기도 했다.

어쨌거나 타부를 비롯한 그들은 꽤나 의욕을 보였다. 육욕의 왕에게 먹히지 않기 위해서라도 빠르게 움직여야 할 필요가 있기는 했다.

"여기서부터 준비를 하면 되는 거요?"

"나도 자세히는 모르지. 우리는 여기까지 호위를 하면 되는 거였으니까. 그 뒤는 자네들이 잘 알지 않나?"

"호오. 여기까지인 겁니까?"

"그래."

몇 번이나 확답을 듣는 타부. 그리고 그 동료들.

호위를 해 준 자들이 여기까지라고 말하는 것을 듣고 반색을 한다. 생각지도 못한 공짜 선물을 받은 듯 진심으로 기뻐하기까지 하는 자도 있었다.

"흐흐. 그렇단 말이지요. 그래."

"그렇다고 몇 번을…… 억!?"

푸우욱—

대답을 해 주는 상급 헌터의 복부에 어느샌가 기다란 검이 들어와서 박혔다.

타부. 그가 호신용이랍시고 들고 다니던 검이었다.

세밀하게 무늬가 세공되어 있는 검은 전투용이라기보다는 제식용으로 사용하는 검과 비슷해 보였다.

무디게 보이는 날을 가지고 있었는데 잘도 상급 헌터의 복부를 꿰뚫었다.

푸우욱— 푸욱—

그게 끝이 아니었다.

타부와 함께 온 헌터들. 열 명 남짓한 일본의 헌터들이 지금껏 자신들을 호위해 줬던 헌터들의 복부에 검을 선물해 주고 있었다.

당연한 일을 한다는 듯이 아주 자연스럽게.

순식간에 일어난 일이었다. 뭔가 이상했다.

"무, 무슨……."

"크……."

복부. 고작해야 복부였다.

복부를 찔렸다고 해서 당장 그 충격으로 쇼크사를 할 만큼 어리숙한 자들은 여기 없었다.

다들 몇 번이고 부상을 당한 경험은 가지고 있는 자들이었다. 죽기 직전의 경험을 해가며 사선을 넘나들고 상급 헌터에까지 이른 게 이들이었다.

'대체…….'

그런데 단지 복부에 검이 틀어박혔을 뿐인데!

몬스터의 날카로운 발톱에 비교하자면, 한없이 무딘 검이 박혀들었을 뿐인데도 정신이 아득해진다.

몸에 힘이 빠진다.

그들을 상급 헌터에까지 이끌어 주던 이능력. 각자 종류는 다를지라도 그들에게 초인적인 힘을 주던 이능력이 움직이지를 않았다.

복부에 박혀버린 검을 중심으로 모든 힘이 봉인된 느낌이었다.

탱커, 딜러, 치유계. 종류를 가릴 것 없이 모두 똑같이 작용하고 있었다.

"너희!"

마지막 외침. 그게 마지막 발악이었다.

아득해지던 정신이 결국 점멸된다. 정신이 아득히 멀어져 간다. 순식간에 가사 상태로 빠져들기 시작한다. 정신을 잃는다.

"……."

그런 그들을 일본의 헌터들은 귀한 보물이라도 되는 듯 바닥으로 쓰러지지 않게 곱게 받쳐 든다.

그리곤 다시 움직이기 시작했다.

어떤 규칙이 있는 것처럼 그들을 한 곳으로 포개기 시작했다. 아무도 말을 하지 않았지만, 아주 자연스럽게 일이 이뤄졌다.

숨소리만이 들리는 침묵 속에서 일이 이뤄진다.

그들의 침묵이 깨어진 것은 모든 상급의 헌터들을 규칙대로 배열을 했을 때였다.

"모두 준비되었습니다."

"됐군."

타부가 위엄 어린 표정을 하고는 고개를 끄덕인다.

철승. 그에게 두려움을 보이던 방정맞은 모습과는 또 다른 모습이었다.

가사 상태에 빠진 헌터들. 그들을 타부를 제외한 다른 헌터들이 원을 그리며 둘러싼다.

타부만은 예외였다. 그는 원의 중심에 들어가서 자리하고 섰다.

"시작하자."

고오오오—

타부의 말이 끝나자마자 그들이 자신들의 이능력을 끌어올리기 시작한다.

특이하게도 모두 다른 사람인데도 이능력의 빛들이 비슷

했다. 어떤 하나의 거대한 원류에서 시작된 이능력인 듯인 것처럼 느껴졌다.

소용돌이치듯 뿜어지고, 또 뿜어진다. 어떤 거대한 기류가 만들어진다.

그 거대한 기류가 클라이막스에 이르렀을 때!

"……."

어느샌가 복부에 박혔던 검을 뽑아 든다.

기다렸다는 듯 가사 상태에 빠졌던 헌터의 눈이 뜨여졌을 때, 검이 가리키는 곳은 그들의 심장이었다.

푸우우우욱—

심장을 가리켰던 방향 그대로 검이 다시 박혀 든다.

"컥……."

심장에 검이 박히고도 살아남을 헌터는 없었다.

한 번에 하나씩. 타부는 원을 돌아가면서 상급의 헌터들을 죽여가기 시작했다.

스으으으으—

그들로부터 이능력이 뿜어져 나온다.

그들을 초인으로 만들어 주었던, 제각기 다른 빛의 이능력들이 타부와 그의 수하들이 뿜어낸 이능력의 빛과 섞여 들어간다.

화아아악—

모두가 합쳐졌을 때. 거대한 섬광이 일어난다. 그 모든 빛이 타부에게로 향한다.

"아아……."

짙은 쾌락이라도 느끼는 걸까.

절로 입을 벌린 타부가 자신도 모르게 신음을 흘린다.

괴기스러운 광경이었다.

하지만 그 괴기함은 그리 길게 이어지지 않았다. 단 몇 분 만에 모든 이능력이 그에게 흡수되었다. 모든 이능력이 사라짐과 동시에 특이한 의식은 끝을 냈다.

"후……."

진미를 음미하듯, 혀로 자신의 입술을 작게 핥는 타부의 혀는 뱀의 그것처럼 요사스러웠다.

그가 선언하듯 외쳤다.

"가자!"

암수들이 움직이기 시작했다.

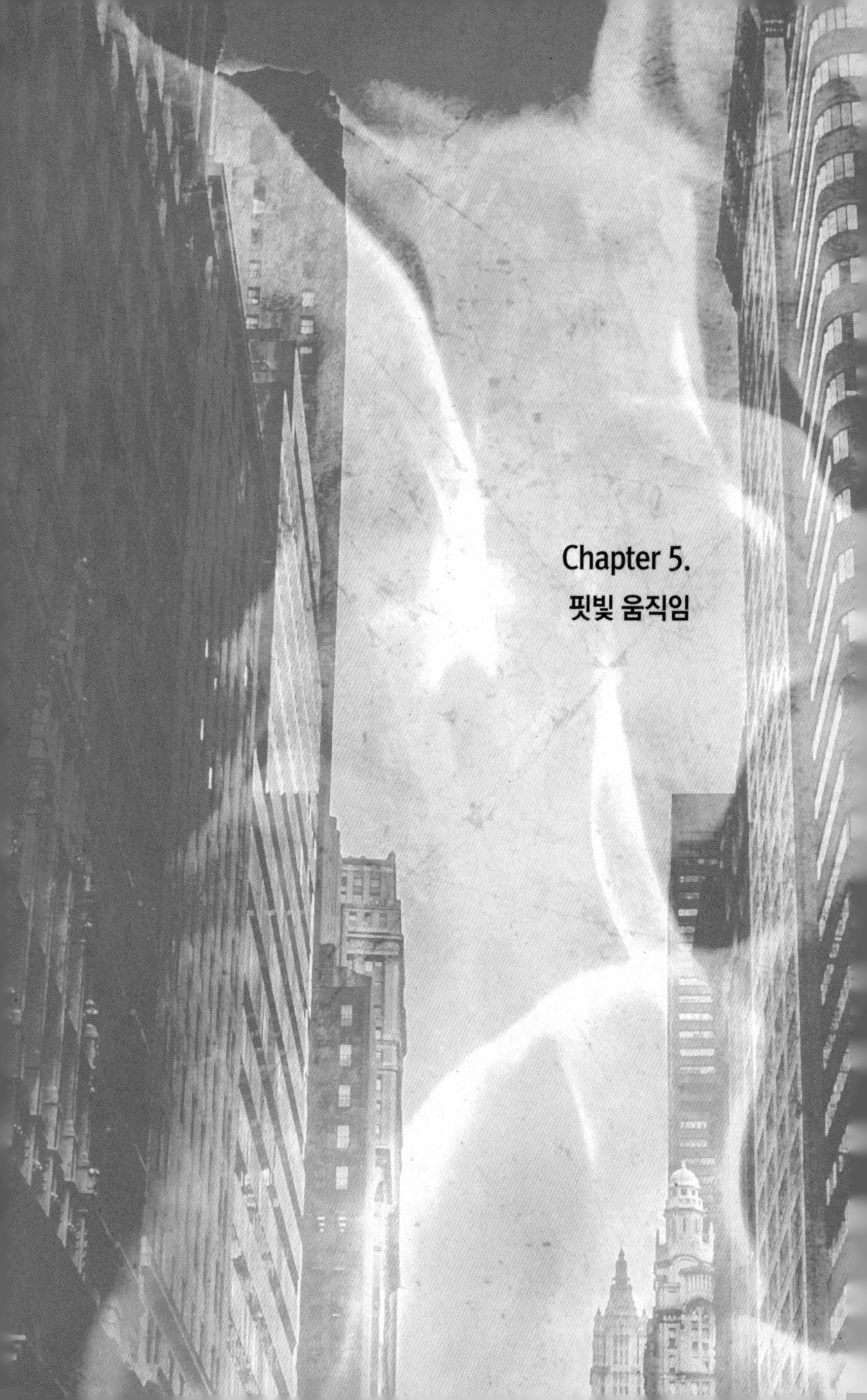

Chapter 5.
핏빛 움직임

후아아아앙—

불이 내질러진다. 보통 사람이라면 그대로 가루가 되어 버릴 어마어마한 화력!

그 불을 흉한 몰골(?)을 드러내고 있는 등으로 그대로 받아들인다.

끊임없이!

"우와아아악!"

"더 지르라고! 더!"

"……시불!"

뭔가 핀트가 엇나간 듯하지만 나쁘지는 않았다.

업그레이드된 기계를 통해 화력을 받고 있는 김기환의 불길은 확실히 강력했다.

"뭔가 이상한 거 아닙니까!"

"시끄러워! 노예 놈아!"

"젠자아아앙!"

노력은 배신을 않는다— 라는 말이 흔히 있다.

거짓이다. 노력은 자주 배신한다. 몇 번이고 배신한다. 희망이란 놈과 세트로 다니면서 몇 번이고 배신을 한다. 그게 노력이다.

그럼에도 할 수 밖에 없다. 안 할 수는 없으니까. 가만있을 수는 없으니까. 노력이라도 하지 않고서는 버티지 못할 힘든 세상이니까.

하지만 적어도 지금 김기환의 상황은 노력하면 하는 대로 얻을 수 있는 상황이었다.

미친 듯한 불길. 그 불길을 받아들이고, 다시 내뿜어내는 노력을 하는 것만으로도.

따아아앙— 따앙—

한철의 작품은 완성되어 간다.

전보다 더 단련되어 간다. 정금처럼 강해져 간다.

그의 이능력이 깃들어 무기는 전보다 더욱 강력한 공격력을 선보인다. 방어구는 이능력을 좀 더 세밀하게 받아들인다.

분명 노력을 하는 만큼 강력해진다. 사소한 문제로.

'……나도 자존심이란 게 있긴 한데.'

나름 길드장이라고 할 수 있는 김기환의 체면이 좀 구겨지기야 하지만 성과는 분명하다.

그래도 어쩌겠는가.

'안 할 수도 없지.'

지금의 상황에까지 와서 김기환 그에게 선택권은 없었다. 무엇이든 할 수밖에 없는 상황이었다.

"오오오!"

"……쩐다."

방어구를 받은 길드원들이 만족을 한다. 전의 것 이상으로 강력한 무구에 눈을 빛낸다. 그 누구보다 기뻐한다.

"장난 아닌데?"

그 뒤 실제로 전력이 올라가기 시작했다. 급속도로!

신이 난 장인들이 김기환의 불길을 받아서 무구를 만들어내고, 장신구를 찍어낼수록 그대로 전력이 강화된다.

사실 안 되는 게 이상했다.

한 명, 한 명이 헌터들이 꿈에 그릴 만한 무구를 만들어내는 장인들이다.

그런 장인들이 신이 나서 무기를 뽑아낸다. 혼을 실어낸다. 처음 보는 불길에 작품 욕구가 무럭무럭 샘솟는다.

그렇게 나온 결과물인데 전력이 강화되지 않으면 그게 더 이상했다.

"일 단계 더 올려버려! 이번에는 네 거 만드는 거라고!"

"이 미친! 우와아아아악!"

"잘한다! 잘해!"

"우오!"

따앙— 따앙— 따앙—

망치질 소리가 흥겹게도 안을 가득 메운다. 공동 작업임에도 잡음 하나 없이 모두가 신나 있다.

"최강으로!"

"최상이라고!? 좋아! 기분이다! 일 단계 더!"

꾸우욱—

화아아아앙!

"크아악! 이 미친 불이 뭐 이렇게 세!"

"흐흐. 정석을 태우는 거다!"

"돈 지랄 같으니라고!"

단 한 명의 희생. 숭고하다고 할 수 있는 헌신에 의해서 자라난 길드는 시간이 지날수록 강력해져 가고 있었다.

비록 겉으로 보기에는, 불길만 뿜어내는 불쌍한 노예 하나가 있을 따름이지만!

어쩌겠는가. 원래 김기환은 당해야 제맛……

아니 리더로서 희생을 하고 있을 뿐이다. 숭고하게!

*　　*　　*

“싸게 싸게 움직여! 어이, 거기는 조심하라고! 잘못하면 폭발한다!”

“으엑!?”

“멍청한 놈아! 놓치지 마!”

“아, 알겠습니다!”

공사장에서 인부들을 관리하는 건 보통 일이 아니다.

조그마한 실수로 대형 사고가 날 수 있는 게 공사장이다.

흔히들 노가다라 말하는 일들이 쉬운 줄 알겠지만 결코 쉽지 않다. 전문적인 기술을 가져야만 하는 것들이 다수다.

그런 기술에 이능력까지 더해서 작업을 하고 있지 않나. 까딱 잘못하면 정말 사람 여럿 죽는다.

그렇기에 이호준은 이른 아침부터 누구보다 먼저 나와서 현장을 지휘하고 있었다. 김기환과는 다른 방식으로 카리스마를 잔뜩 흩뿌리고 있었다.

한창 집중을 하고 있던 그였지만, 당장 눈 안에 들어온 자를 보고는 기 집중을 스스로 깰 수밖에 없었다. 생각지도 못한 중요한 이가 아침부터 모습을 드러내고 있었다.

"여어? 무슨 일인가? 여러 가지로 바쁘다고 들었는데."

"몇몇 가지 일은 대신 맡겼습니다."

"자네가 다른 사람한테 일을 맡길 때도 있군?"

"움직여야 할 때니까요. 그것도 꽤 오랫동안이요."

그. 운이철이었다.

꽤 멀리 나가야 하는 것인지, 공간 장치까지 허리춤에 두 개나 채워 놓고 있는 그였다.

사냥을 나가듯 장비도 풀로 채웠다. 참고로 김기환의 희생(?)을 바탕으로 받은 새로운 장비들을 차고 있었다.

자신의 이능력을 활용하는 것을 즐기지, 좀처럼 장비 덕을 보려고는 않는 그였다. 그런데도 아주 제대로 장비를 차고 왔다.

각오가 선 것이 있는지 얼굴도 굳은 표정이었다.

"허허. 움직여야 하는 때가 온 것인가? 길드장은 하루 종일 시달리고 있다면서?"

"애쓰고 있죠. 덕분에 다들 강해지고 있잖습니까?"

"흐음…… 강해지고야 있지. 거저먹는다고 보일 정도로."

이호준이 가만 운이철을 바라본다. 그러다 진지하게 묻는다.

"그렇게까지 강해져야 할 필요가 있는가."

"아직 부족하니까요."

"부족하다라. 이 방벽도 꼭 필요한 것인가? 이건 마치 경계를 만드는 거 같지 않나. 일종의 국경처럼. 마치 전쟁을 준비하고 있는 것 같아. 자네들."

방벽은 계속해서 세워지고 있었다.

본부를 중심으로 한 작은 방벽은 이미 완성된 지 오래고, 그 뒤로 더 크게 서부 전체를 감싸려는 듯 만들어지고 있었다.

고작해야 철조망 같은 것이 아니었다.

두텁고 높은 방벽이었다. 이 방벽의 문을 닫으면, 안은 천혜의 요새가 되는 방식이었다. 거기에 사람들에게는 알리지 않은 '장치' 까지.

일반인들은 뚫기도 힘든, 이능력자들이나 감히 넘볼 수 있는 것이 만들어지고 있었다.

어마어마한 돈이 들어갔다. 아니 지금도 들어간다.

동원된 이능력자들은 열과 성을 다하고 있다. 그런 방벽으로도 운이철은.

"부족합니다. 이걸로는 아직 많이 부족하지요."

"……그 정도인가. 타협은 안 할 생각인 건가?"

"없습니다. 먼저 선을 넘은 건 저들이니까요. 왕이나 저희. 둘 중 하나가 무너져야 할 겁니다."

운이철의 단언에 질렸다는 표정을 짓는 그였다.

"하하. 자네는 참 무서운 소리를 잘도 하는군."

"해야 할 일일 뿐이죠."

"그런가…… 그럼 더 열심히 하긴 해야겠군. 속도를 더 높여야겠어."

"부탁드리겠습니다."

그래도 이호준은 물러나진 않았다. 전에 세운 각오대로, 함께하겠다 말할 뿐이었다. 더 열심히 한다 말하며 눈을 빛낸다.

"다녀오게나. 여기는 우리에게 맡기고."

"……그럼."

믿는다는 눈빛을 던지고는 운이철은 움직이기 시작했다.

장벽의 안이 아닌, 밖을 향해서 끊임없이 발길을 놀리고 있었다.

그날.

운이철이 자라난 길드 밖을 나섰다는 것을 아는 이는 소수였다. 많은 이들이 알지 못했다. 그리고 그가 움직이는 이유를 알고 있는 이들은 그보다 더 소수였다.

금방 다가올 '그때'를 위해서 그가 움직였다.

*　　*　　*

"크읏……."

온몸이 다 망가져 있었다.

어마어마한 부상. 보통 사람이라면 쇼크사를 하고도 남을 충분한 부상이었다. 출혈도 어마어마했다.

하지만 그런 대단한 부상도.

"치료해."

스으으—

이능력자가 사용하는 치유의 기운이 스며드니 전부 낫는다. 순식간에 잘려진 근육이 이어붙여진다. 피가 생성된다. 피부가 아이의 그것처럼 다시 생성된다.

치유의 이능력은 외상에는 탁월하다는 걸 확실히 증명하고 있었다.

"미친년!"

부상이 치료된 것에 힘이라도 난 건지, 부상을 입었던 자는 욕지거리를 날린다.

"어머. 이 정도로는 부족할까?"

"차, 차라리 죽여! 운이철이나 네년이나! 다 미쳤다고! 죽이란 말이다! 이건 약속이 다르다고!"

"……넌 죽을 거야. 아니 그 이상으로 고통스러울지도 몰라. 그러니 일단 모든 것을 이야기하는 게 좋지 않겠어? 이쪽도 네 증언이 필요하긴 하다고."

"……망할 계집."

"어머. 그런 말은 싫은데?"

찌익—

순식간에 피부를 짼다.

단검이라고도 하지 못할 정도로 작은 칼이었지만, 이능력을 사용하고 있는 그녀에게 쥐어지니 그 어떤 무기보다 흉포하고 예리해졌다.

"크아아악!"

바로 비명이 들린다.

그 비명을 지휘하는 오케스트라의 지휘자라도 되는 듯 김민희는 움직이는 손길을 멈추지 않았다.

그녀의 손길에 안이 비명으로 가득 채워져 간다. 고통의 향연이 일어난다.

보통 사람이라면 질릴 만한 모습이다. 하지만 아수라장을 헤치고 여기까지 해 온 그녀에게는 일상이나 다름없는 모습이었다.

'……그이도 참. 이런 걸 맡기고 말이지.'

그녀에게 지금의 일을 맡긴 것은 어느새 김민희의 그이

가 된 운이철이었다.

해야 할 일이 있어 부탁을 한다는데 어쩌겠는가. 평상시와 다르게 너무도 간곡하게 부탁을 했다.

무려 그녀에겐 낭군님의 부탁이다.

다른 이의 부탁이라면 거절을 하겠지만, 이미 그에게 폭 빠진 김민희로서는 그의 부탁을 거절할 재간은 없었다.

차라리 그 부탁이 이런 핏빛 어린 부탁이 아니라, 핑크빛 어린 부탁이면 좋으련만. 아쉽게도 상황이 받쳐주지를 못했다.

그래도 희망은 있었다.

'돌아오기만 하면…….'

운이철이 돌아오기만 하면 그녀와 함께하기로 한 '소원'.

그거면 다소 핏빛 어린 그의 부탁을 들어주기에 이유는 충분했다.

"망할 년!"

"……한번 어디까지 그리 지껄일 수 있는지 보자구."

"크윽……."

천정과 제니스의 포로들. 그들로부터 정보를 얻어내는 방식이 다소 '폭력적'으로 행해지고 있었다.

다소 비인간적인 방법. 하지만 이런 방법을 선택할 수밖에 없었다. 적들이 움직임이 점차 포착되어 가고 있었다.

*　　*　　*

여러 사람들이 발길을 옮겨 왔다.

그 발길이 멈춘 곳은 거대하기만 한 성벽의 앞. 자라난 길드를 보호해 주고 있는 성벽 앞에서는 그들의 당당한 발길도 멈출 수밖에 없었다.

"……여긴가."

"그러고 보니 지운 님은 처음 오시는 거군요."

지운. 김기환이 천정을 물리치고 올 당시 그의 앞을 막았던 자가 바로 지운이었다.

소장 이준석을 대신해서 경기 서부를 새로 책임지게 된 그였다.

물론 그도 표면적으로만 경기 서부의 헌터관리원을 책임지는 자일 뿐이다. 지부장이라는 직함을 달고는 있지만, 헌터 관리원을 실제로 이끄는 자는 그가 아니었다. 그도 헌터 관리원에 있는 많은 장기말들 중에 하나일 뿐이었다.

그 자신도 그걸 알고 있었다. 자신이 장기말이며, 소모품밖에 되지 않는 것 따위 바보가 아닌 이상에야 모를 리가 없었다.

하지만 헌터 관리원에 적을 두기로 결정을 내린 지 오래기에 발길을 옮겨갈 뿐이었다.

당당하니 걸어서 온 그였지만.

"직접 온 건 처음이지. 위세가 대단하군."

"그래 봤자 헌터 관리원에 되겠습니까."

"그런가……."

자라난 길드를 대신해서 가장 먼저 모습을 드러낸 장벽은 드높기만 했다.

장벽만 높을 뿐 애써 헌터 관리원만 하겠느냐고 위안을 가져보지만.

'……대단하긴 하군.'

눈앞의 것들은 절로 인정을 할 수밖에 없는 모습이었다.

한참 성벽을 바라보고 있으려니. 몇몇의 인원들이 다가온다.

"누구십니까?"

"자라난에 볼일이 있는 겁니까?"

아직 길을 들이지 못한, 새 것인 듯 보이는 장비들을 착용하고 오는 자들의 가슴팍에는 자라난 길드의 표식이 박혀 있었다.

지운은 장비보다는 다른 것에 시선이 갔다. 무형의 기세와 그들의 자세였다.

'……강하군.'

그들을 보고 지운은 바로 느꼈다.

자라난 길드. 그들은 길드장인 김기환만이 강한 게 아니었다. 소속된 자들 모두가 강했다. 고작해야 성벽을 지키고 선 자들치고 눈앞의 이들은 너무 강했다.

그와 함께 파견 나온 헌터 관리원 헌터들도 승패를 장담하기 힘든 자들이었다. 아니 질 게 확실하다.

헌터 관리원들의 헌터들은 따로 노는 경향이 강했지만, 눈앞에 있는 자라난 길드의 길드원들은 합을 맞추는 것으로 이미 유명했다.

사냥터에서도 합을 맞춰서 어려운 몬스터들을 쉽게 격살하곤 하는 그들의 모습은 이미 소문이 파다하게 난 지 오래다.

그러니 진다.

'완벽하게 깨지겠지.'

같은 전력이라고 하더라도 힘을 합친 자와 합치지 못한 자의 차이는 극명했다. 보지 않아도 안다. 진다. 완벽하게.

"……헌터 관리원에서 나왔습니다."

"헌터 관리원이?"

"예."

"흐음……."

헌터 관리원이라는 말에도 길드원들은 기죽지 않았다.

되레 가늠을 할 뿐이었다.

"오늘 선약이 있다는 말을 듣지는 못했습니다만?"

"……꽤 중요한 일입니다. 적어도 우리가 헌터 관리원에서 왔다는 건 확실히 아시지 않습니까?"

이미 그들은 서로 구면이다.

사냥터의 입구에서 지운이 자라난을 봤듯, 자라난도 지운을 이미 봤다. 김기환에게 무릎 꿇는 걸 봤다. 그러니 모를 리 없었다.

그럼에도 그들은 헌터 관리원이라는 이유로 쉬이 들여보내 주지는 않았다.

"제가 결정할 건 아니군요. 안에 확인을 해 보겠습니다."

"허어! 우리들이 누군지 알고!"

아직 주제를 모르는 자들 중 하나가 나서 보지만.

화아아악—

"한번 해 보겠다는 겁니까? 여기 대로에서?"

자라난 길드의 길드원들은 기세를 숨기지 않았다.

'……예상 이상.'

이미 드러냈던 기세만으로는 부족하다는 듯 순식간에 뻗어져 나오는 이능력은 보통을 넘었다.

상급 헌터의 기세라고 해도 과장이 아닐 정도였다.

"……물러나게."

"지부장님!"

"물러나."

소란을 일으켜 봐야 손해. 여기서는 충돌이 일어나 봐야 손해였다.

지부장인 지운은 모두를 뒤로 물렸다. 그리곤 부탁했다.

"……확인을 해 주게."

"좋습니다. 기다리시지요."

그가 고개를 숙이자 그제서야 부탁을 들어주듯 길드원 중에 하나가 나서서 방벽의 안으로 들어선다. 그들의 말대로 길드에 확인을 위해서 움직이는 것이 분명하다.

사람이 줄어들었음에도 길드원들은 여전히 당당했다. 그제서야 지운은 실감을 할 수 있었다. 아니 인정을 할 수밖에 없었다.

'……어려울지도.'

그가 적을 둔 헌터 관리원. 그들만으로는 자라난을 상대하는 것이 어려울 수도 있다는 걸.

*　　*　　*

"허락하셨답니다. 들어가시죠. 안내해 드리겠습니다."

"……예."

그들이 방벽 안으로 발을 디딜 수 있게 된 것은 한참이나 시간이 지난 뒤였다.

방벽을 넘어 자라난 길드의 본부를 향하면서 그들은 자신들도 모르게 주눅이 들 수밖에 없었다.

'적의인가.'

모두가 헌터 관리원의 인물들을 외부인이라도 되는 듯 바라보고 있었다.

또한 적대를 하고 있었다. 헌터 관리원의 표식이 있는데도!

보통이라면, 헌터 관리원 소속이라는 것만으로도 선망의 대상이 되곤 하는데, 적의라니. 그들로서는 생소한 경험이었다.

또한 확실히 느낄 수밖에 없었다.

여기는 헌터 관리원의 영향력이 생각보다 적다는 걸. 그들 이상으로 김기환과 자라난 길드의 지배력이 강하다는 걸 인정해야 했다.

오늘 그들이 가지고 온 제안, 아니 협박이 먹혀들지 못할지도 몰랐다. 지운의 내심이 복잡해지는 동안에도 발길은 계속 이어졌다.

그리곤 결국.

"여깁니다. 안으로 들어서면 금방 나오실 겁니다."

본부에 도달은 할 수 있게 됐다.

*　　*　　*

오랜만에 탈출인가! 쇼생크 탈출이라고 외치기라도 해야 할 느낌이었다!

“흐흐…….”

나를 찾아온 손님이 있단다.

평상시 마음에 들지 않는 헌터 관리원이지만, 지금만큼은 나를 탈출시켜 준 고마운 이들이었다.

평소라면 미운 놈이라고 떡 하나는커녕 박대부터 하고 봤겠지만, 이번은 이야기 정도는 들어줘도 될 듯했다.

아니 들어줘야만 했다. 이야기가 길어지면 길어질수록 여기에 천천히 와도 될 테니까.

“젠장! 조금만 더 하면 됐는데!”

“……시끄러워요!”

“어서 꺼져버렷!”

“아니, 어서 갔다 와! 완성해야 한다고! 노예 놈아!”

아쉬워하는 한철들을 두고서, 아주 상큼하게 발을 놀렸다.

‘어서 가야지. 흐흐.’

이 무시무시한 곳을 탈출하기 위해서라도 어서 움직여야 했다.

헌데 그때 뒤에서 들려오는 목소리.

"야. 근데 너 그러고 갈 거냐?"

"뭐요?"

"그러고 갈 거냐고! 미쳤냐?"

"엇!?"

……나도 모르게 노예복(?)을 입고 갈 뻔했다. 등을 휑하니 노출하고서!

'미친!'

* * *

오랜만에 노예 짓을 벗어나서 정복을 입으니 어색하기 그지없었다.

그래도 재빠르게 헌터 관리원에서 온 자들이 있는 곳을 향했다. 익숙한 얼굴이 보였다. 그들은 이곳에 오기 전에 무슨 일이 있었는지 꽤 표정이 무거워 보였다.

인사를 올려왔다.

"……지부장 지운입니다. 오랜만입니다."

"오랜만입니다!"

탈출했다는 것에 희희낙락하는 나의 인사에도 그들의 얼굴은 펴질 줄을 몰랐다.

잔뜩 긴장을 하고 있는 낯으로 품에 손을 집어넣었다.

순간적으로 이곳을 바라보고 있던 다른 길드원들이 기세를 높인다. 품에서 무기가 나온다면 그대로 지운이란 자를 격살할 기세였다.

각자의 이능력이 요요하게 빛이 나는 가운데 품에서 나온 건 긴장이 턱 풀어질 물건이었다.

"……뭡니까?"

"전달 서류죠. 위에서 내려온 지시를 따를 뿐입니다."

"그렇겠죠."

건네받은 서류를 받아들었다.

쓸데없는 겉치레들을 전부 넘겼다. 중요한 건 그 내용이었다. 핵심은 내용에 있었다.

"……이거 이미 결정된 겁니까?"

"그러지 않았다면 여기로 이 서류를 가지고 오지도 않았겠지요."

하기는 쓸데없이 이곳으로 걸음을 놀리기에는 지운도 할 일이 있을 터. 이미 결정된 건 분명하다. 단지 확인을 했을 뿐이다.

"헌터 관리원 전체의 뜻이라 봐도 무방합니까?"

"……모든 걸 알지는 못하니 확답은 못 하지만 그럴 겁니다."

"하……."

화아아악—

나도 모르게 기세를 키워버렸다.

노예 노릇에서 잠시 벗어날 수 있다는 것에 아주 얕디얕은 호감이 생겼었지만, 그 호감마저도 사라졌다.

'언제고 일어날 일이긴 했다만……'

언제고 일어날 거라 보기는 했다. 하지만 그게 오늘은 아니었다. 역시 적들은 항상 예상보다 빠르며, 그 이상이다.

'운이철을 보내길 잘했군.'

미리 움직이지 않았더라면 꽤 곤란해질 뻔했다.

"……음."

스으—

헌터 관리원에서 온 자들도 같이 기세를 피워 올렸다.

우리들의 본진인 이곳에서 당할 때 당하더라도, 끝까지 버티려는 기세였다. 의지가 엿보였다. 지운 그다웠다.

비록 적일지언정, 힘을 떠나서 그는 제대로 된 인물 중에 하나긴 했다.

그런 그를 보고서 기세를 죽였다.

비록 적이지만 그는 전장에서 볼 자다. 이런 곳에서 전력을 깎겠답시고 죽일 존재는 분명 아니었다.

약간의 분노를 담아서 툭 말을 내뱉었다.

"가시죠. 아니 가지. 너희들의 뜻은 확실히 전달이 되었으니 걱정하지 말고."

"……다음에 볼 때는 적일 겁니다. 지금에라도 협상을 하는 것이."

그의 말을 중간에 툭 끊었다. 협상이라니. 기회는 이미 여러 번 있었다. 이제 와서 협상을 할 거였다면 일도 안 벌였다.

"됐어. 그러기엔 멀리 왔지 않아? 우리 모두."

"……알겠습니다."

그도 내 의지를 읽은 듯 더 설득을 하지 않았다. 그는 안 되는 것을 억지로 부여잡으려 하진 않는지.

"가지요. 그럼."

자신들이 데려온 자들을 데리고 바로 물러났다.

그 모습을 나는 가만 바라봤다. 그들 모두의 실루엣이 완전히 사라질 때까지.

그리곤 외쳤다.

"……간부들 모두 소집하도록 해. 회의다."

"알겠습니다!"

나를 호위하듯 감싸고 있던 길드원 중에 하나가 재빨리 움직이기 시작했다.

Chapter 6.
누가 정하나

이서영. 한서은. 허웅. 마동수. 그리고 스승 이송아까지.

하나둘씩 사람들이 모여들기 시작했다. 자라난 길드에 있어 중요한 인물이라고 할 수 있는 자들은 전부가 모였다.

"첫…… 좋았는데 말이지."

한창 작업을 하던 한철까지도 나왔을 정도였다.

작업을 멈췄다는 것에 불만이 있기는 하지만, 심각한 내 분위기를 읽어서인지 툴툴거리면서도 가만 자리를 지켰다.

작업을 하고 온 한철의 모양새만큼이나 다른 이들도 다들 하고 있는 꼴이 제각각이었다.

사냥을 나가려고 했던 건지, 장비를 차고 있는 자들도 있었고. 수련을 했는지 땀으로 온몸이 젖어 있는 자들도 다수였다.

그러나 무엇을 하고 왔든, 나의 호출을 받고 온 그들은 한껏 진지한 표정을 짓고 있었다.

"무슨 일이야?"

"헌터 관리원이랑 관련이 있는 건가요?"

"어떻게 됐죠?"

오자마자 하나, 둘씩 묻기 시작했다.

이런 경우에는 때로 말이 아닌 다른 것이 대답이 되는 법이었다.

"한번 봐봐. 꽤 재미있으니까."

투욱.

손에서 꽉 쥐고 있던 서류를 탁자 한가운데에 올렸다.

성격 급한 허웅이 가장 먼저 서류를 집었다. 금방 핵심을 읽었다. 심각한 표정으로 바로 옆의 마동수에게 서류를 넘긴다.

그리 길지 않은 시간이 지났지만, 적어도 여기에 있는 자들은 그 내용을 전부 파악했다.

"시작된 거군요?"

"그래."

헌터 관리원에서 우리를 불법적인 곳으로 규정했다.

자신들이 허용한 길드였음에도, 길드가 아니라 말을 한다. 해산을 하라는 것이었다. 그들이 인정을 할 수 없으니까.

'마음에 안 드는 거겠지. 아니 본보기려나.'

근래 들고 일어서는 헌터들이 많았다.

거대 길드를 제외한 중소 길드 중에서도 은근슬쩍 헌터 관리원들을 무시하는 자들이 모습을 드러낼 정도였다.

나 때문이었다. 아니 내 덕분이다.

나는 대놓고 그들을 무시해 왔다.

그들이 점령군처럼 보내왔던 천정 길드를 물리쳤다. 제니스의 인물들을 그들에게 되돌려 보내지 않았다. 정보를 뜯어냈다.

레이드로 얻은 것들도 그들을 통해서만 해결을 하지 않았다. 암시장도 대놓고 이용을 했다.

헌터 관리원의 권위라고 할 만한 것들을 물리치는 데 일조했다.

아주 대놓고.

그러니 알게 모르게 무시하는 자들이 나왔다.

조금씩. 아주 조금씩. 그 권위에 도전을 하기 시작했다.

'나름 잘 참았지.'

헌터 관리원이 최하급의 헌터부터 뜯어먹어 왔던 걸 생

각하면 꽤 오래 참아줬다.

결국 지금의 일은 언제고 일어났을 일이다. 어쩌면 꽤 시간을 끌었다고도 할 수 있었다. 머리로는 안다.

하지만 감정적으로는 어이가 없을 따름이다.

"……흐흐. 다들 어찌 생각해? 완전히 해산을 하라는데?"

모든 것들을 반납하란다. 길드 본부도, 장비도, 우리가 사냥을 통해서 얻은 전부도. 헌터의 상징인 헌터증마저도 가져오란다.

너무도 당당해서 어이가 없을 정도다.

마치 최후통첩과 같았다.

얼굴은 웃고 있지만, 묻고 있는 나의 얼굴에는 분노가 잔뜩 어려 있을 것이 분명하다.

다른 이들도 마찬가지.

허웅은 단 한마디로 지금의 상황을 요약했다.

"개소리지."

그의 말에 모두가 고개를 끄덕인다. 표정, 표현은 달라도 모두가 같은 뜻을 가지고 있었다.

나 또한 마찬가지. 큰 분노를 가슴속에 담으면서도 단순하게 그 분노에 폭발하지만은 않았다.

차분히 움직여야 할 필요를 알았다.

"자아, 여기서 어떻게 해줘야 할까?"

"……보통은 지켜보겠지만. 슬슬 한 방 먹여도 나쁘진 않지 않겠어?"

"한 방이라. 좋지."

"본진에 적을 둘 필요는 없지."

모든 것은 계획대로.

하지만 조금은 과격하게 움직이기 시작했다.

*　　*　　*

콰아아아아아앙—

폭발이 일었다. 이어서 불길들이 확하고 올라오기 시작한다.

웨에에에엥!

부실 공사는 아니었을까. 화재를 알리는 사이렌이 요란하게 주변을 집어 삼킨다.

요란한 소리만큼이나, 화마의 움직임도 빨랐다. 주변을 압도하고 있는 거대한 건물을 순식간에 삼켜갔다.

주변에서 가장 큰 건물이어선지, 화려하게 솟구치는 불길을 보고 있노라면 재앙이라도 일어난 듯했다.

그 건물의 거대한 입구에서 지운이 외친다. 그의 얼굴은 꽤나 다급해 보였다.

"……부상자는?! 물의 이능력자들은 어디에 있어?!"

"당장 움직이고 있습니다!"

하기는 무리도 아니었다.

지금 폭발이 인 곳은 헌터 관리원 서부 지부. 서부가 발달하기 시작하고 그 규모를 좀 더 키운 건물이었다. 그런 곳이 폭발을 했다.

책임자로서 다급하지 않으면 그게 더 이상했다.

그는 끊임없이 사람들에게 지시를 내렸다.

"분발하라고 해! 거기 너! 너는 부상자들 챙겨! 탱커들은 뭘 하고 있나! 가서 부상자들 데려와!"

"바로 움직이겠습니다!"

"너는 지원 요청해! 구급대원들은 없나?"

"……서부인지라 없습니다. 알잖습니까."

"어쩔 수 없지. 당장 본진에 넣어."

카리스마 있는 그의 지시에 사람들이 분주히 움직이기 시작한다. 하지만 그도 무리가 있었다.

쿠우우웅—

건물들이 더 버티지 못하고, 무너져 내리기 시작한다.

탱커들이 들어가서 부상자들을 데려오고는 있지만, 건물 자체를 살리기에는 너무 늦어 보였다.

그때.

화아아악—

지운의 앞으로 흉물스러운 모습을 드러낸 기둥이 쓰러지기 시작한다.

'이런.'

처리는 할 수 있다. 하지만 갑작스런 상황이다. 약간의 피해는 감수해야 할 상황이었다. 기둥을 부수고 나온 파편에 옆에 있는 자들이 부상을 입을 수도 있었다.

그래도 가만있을 수는 없었다.

고오오—

순식간에 이능력을 일으켜서 움직이려는 그 찰나.

샤아악—

"음?"

예상치도 못한 소리가 들려온다. 그 소리가 끝이 났을 때.

'없어?'

그들을 곤란하게 만들었던 거대한 기둥은 완전히 사라져 있었다. 가루가 되어 있었다.

"아슬아슬하네."

"……이준성?"

"헌터 관리원에서도 내 이름을 아는 건가?"

"……."

대답은 없지만, 이미 이준성이라 불렀었다.

김기환과 자라난은 적이지 않은가. 그런 상황에서 헌터 관리원이 적에 대한 정보를 파악하지 못할 리가 없었다.

썩어들어 갔다고 말하지만, 헌터 관리원은 그 정도로 허술하지만은 않았다.

숨은 자들이라면 모를까, 적어도 모습을 드러낸 자들은 전부 파악했다. 그중에 요즘 활약이 두드러지는 이준성은 당연히 포함돼 있었다.

"당신이 이 짓을 벌인 건가?"

"설마?"

느물거리기는.

이준성은 본래 진중한 성격이라 들었는데, 지금의 이준성은 전혀 그리 보이지 않았다.

'……비슷하지 않나.'

사람을 약 올릴 때의 김기환의 표정과 비슷했다.

길드장이나 길드원이나 닮았다고 생각하면서, 지부장인 지운은 따지듯 물었다.

"타이밍이 너무 좋지 않나."

"그 대답은 내가 할 게 아닌 거 같은데?"

대답 대신 이준성이 슬쩍 눈짓을 한다. 그가 가리키는 곳에는 온몸을 얕은 화염으로 감싸고 있는 김기환이 있었다.

"……김기환? 당신이 한 짓입니까?"

"그럴지도 아닐지도 모르지."

"이 일. 헌터 관리원에서 그냥 넘어가지 않을 겁니다! 당신 큰일을 벌인 거라고요! 당장 모든 헌터가 출발할지도 모릅니다."

이건 협박이 아니었다. 사실이었다.

헌터 관리원의 건물이 부서졌다. 물증은 없더라도 심증은 충분했다. 아니 증거가 없으면 만들면 되었다.

어차피 자라난을 불법적인 곳이라 말하지 않았던가.

그런 상황에서 이런 식으로 폭발을 일으키다니. 없던 명분도 생긴 상황이다.

"흡. 그러기에는 이미 멀리 왔지 않아?"

"하나도 빼놓지 않고 보고를 할 겁니다."

"그러든지."

그런 어마어마한 일을 벌인 주제에 김기환은 시원하다는 표정을 하고 있었다.

그의 시선은 어느새 지운이 아닌 화마를 일으키며 폭발을 일으키고 있는 헌터 관리원 건물을 향해 있었다.

"……언제나 거슬렸다고. 이딴 건물. 아니 너희 모두. 헌터를 위한다는 명목하에 언제나 뜯어가기만 하지."

"그건 헌터들을 위해서 헌터 관리원이……."

"그만."

김기환의 짧은 일갈에 지운의 입에서 이어지던 외침이 멎었다.

지운을 바라보고 있는 김기환의 눈에는 화염이라도 맺혀 있는 듯했다.

분노가 엿보였다. 지운만을 향한 분노가 아니었다. 그가 속한 헌터 관리원 전체를 향한 분노였다.

"쓸데없는 소리는 하지 말자고. 서로가 적이지 않아? 소꿉놀이하는 게 아니라고. 그러니 곱게 보내줄 때 움직이는 게 어떻겠어?"

"……좌시하지 않을 겁니다."

"그 또한 내가 감당할 일이지."

"……."

어디서 저런 여유가 나오는 걸까.

헌터 관리원을 택한 지운으로서는 알 수가 없었다. 그 거대한 단체를 상대로 어찌 저리 여유를 보일 수 있는지 도무지 이해를 할 수가 없었다.

의문만이 생길 뿐이었다. 아쉽게도 그 의문을 풀 수는 없었다. 그는 힘이 부족했다.

김기환이 말하는 대로.

"……물러난다."

"하, 하지만……."

"여기서 더 어떻게 하나. 어서 부상자들부터 수습해."

물러날 수밖에 없었다.

그런 그들의 꼴을 옆에 있는 자라난 길드원들이 불구경하듯 바라본다.

일부는 웃음까지 맺혀 있을 정도였다. 조롱의 비웃음이 아니었다. 그들은 그저 즐기는 듯했다.

"햐…… 역시 우리 길드장 미치지 않았냐?"

"저게 매력이지. 흐흐. 그리고 함께하고 있는 우리도 미친 거라고?"

"그럴지도……."

그런 그와 자라난의 길드원들은 함께 서 있었다.

물러난다거나 하는 이는 아무도 없었다. 지금의 상황을 즐기는 듯 재밌다는 눈을 하고 있을 뿐이었다.

지운이 말한 헌터 관리원에 대한 공포도, 두려움도 없어 보였다. 오직 일전을 준비하고 있는 헌터만이 있을 뿐이었다.

'대체…….'

'미친놈들.'

조롱 아닌 조롱을 받으며 지운을 포함한 모두가 물러난

다.

*　　*　　*

헌터 관리원의 선전 포고.

그 선전 포고에 대한 답으로 김기환은 화려하게 축포를 쏘아 올렸다.

첫 한 발에 헌터 관리원 서부 지부가 사라졌다.

아주 깔끔하게!

*　　*　　*

해가 뜬다.

해가 질 때. 다채로운 색으로 물드는 하늘도 볼 만하지만, 오직 찬란함만으로 떠오르는 해도 볼 만한 광경 중에 하나다.

'더 좋군…….'

특히나 이능력 덕분으로 다른 이보다 더욱 오래 태양을 직시할 수 있는 나로선 남들이 보지 못한 것들을 꽤 볼 수 있다.

저 힘. 저 강력한 힘들을 전부 이능력화할 수 있다면 어찌 될까.

아마 가장 강한. 그 이상의 어떤 것이 되지 않을까?

그런 생각들을 하곤 한다.

"푸핫."

당장 많은 일들이 벌어져서 쓸데없는 생각을 하는 걸지도 모른다. 나답지 않게 아침나절부터 청승이다.

한참 태양을 바라보고 있으려니 아까부터 방벽 아래에서부터 조심스레 올라오던 인기척이 느껴진다.

"또 나와 있는가."

"나와야죠. 지켜야 할 곳인데."

"지켜야 할 곳이라…… 크흠……."

자연스레 그의 말을 받으려니 옆에 와서 풀썩 앉는 이호준이었다.

"아침 이슬에 옷 다 버릴 겁니다?"

"어차피 공사장 옷이야. 버려도 상관없지."

"……그렇겠네요."

"앞이나 보자고."

"……."

한참을 말없이 앞을 바라봤다.

같은 자리, 같은 시간에 있지만 그와 나는 서로 바라보는 곳이 다를지도 몰랐다.

"……자네 매일같이 나오는 거 길드원들은 아나?"

"알까요?"

"적어도 서영이나 서은은 알겠지."

"푸핫. 서영, 서은인 겁니까. 마치 딸 같네요."

"……잃어버린 딸이 있었어. 그러니까 딸 같을지도 몰라. 아니 딸 같네."

"……."

사연 없는 사람은 없다만은, 이호준도 어떤 사연이 있는 듯했다.

하기는 이능력을 타고났으면서도 일반적으로 하는 사냥보다 공사에 열을 올리는 것에는 어떤 이유가 있을지도 몰랐다.

"헌터 관리원의 소식이 들려오고 나서부터 자네는 여기를 항상 나오지. 밤부터 아침까지. 누구도 모르게 조용히."

"그랬죠."

헌터 관리원 서부지부를 폭파시킨 지 며칠. 그 이후로 쭉 방벽에 나와 앞을 바라보고 있다.

서울의 방향을 향해서. 아주 조용히. 언제든 나갈 수 있게 검을 쥐고서.

"나도 공사 감독이랍시고 나오지 않았으면 몰랐을지도 모르지. 그만큼 조용히 왔으니까."

"……."

"처음에는 감독이라도 하러 오나 했네. 워낙 빠르게 공사하니 부실 공사가 아닌가 생각했나 보다 하고 말이야."

"소장님이 해 주시는데 설마 그러겠습니까?"

"말이 그렇다는 거지. 그런데 한참 봤단 말이네. 처음 자네를 발견하고 뒷모습을 아주 한참……."

"크큭. 남자 볼 게 뭐 있다고 그리 오래 봅니까?"

나도 그때 인기척으로 느꼈었다. 처음 방벽에 있는 나를 발견했을 때. 그는 나를 한참 동안이나 바라봤었다. 아주 한참.

내가 태양이 떠오르는 걸 다 보고도 물러날 그 순간까지 가만 침묵을 지켜줬다. 마치 나를 지켜 주는 호위병처럼.

"시끄러워. 자네는 항상 좋은 분위기가 되면 초를 치지."

"낯간지러우니까요."

병맛처럼 구는 것도, 욕지거리를 던지는 것도 이런 진지함을 참지 못해서 그럴지도 몰랐다.

하지만 지금 이호준의 표정을 보고 있노라면 그러기도 힘들었다. 여기서 가벼워져야 욕만 먹을 거다.

"힘든가?"

"힘들긴요."

"그런데 왜 매일 여기에 올라와 있나. 혼자서 청승맞게."

"……분위기 좀 잡는 건데 그리 보입니까? 흐흐."

"시끄럽고. 왜 그러는가?"

왜 그러냐라. 매일같이 방벽에 나오는 것이 큰 의미로 보였나.

'그럴지도…….'

이제 와선 이 찌질이가 길드장이 됐다. 많은 이들을 책임지게 되었다. 하나, 하나에 의미가 담기는 것도 이상하지 않다.

솔직하게 답해야 했다. 적어도 이호준의 저런 진지한 눈에는.

몇 시간이고 방벽을 바라보며 앉아 있던 몸을 일으키며 답했다. 굳은 근육이 아우성침에도 답하는 것 정도는 어렵지 않았다. 진심이 담겨 있으니까.

"지켜야 하니까요. 이게 내 지키는 방식입니다."

헌터 관리원이 언제 쳐들어올지를 모른다.

그들이라면 생각지도 못한 방식으로 우리를 노릴지도 몰랐다. 정면으로 와도 그 또한 힘들 게 분명했다. 어쨌거나 강자는 그쪽이니까.

이쪽이 아무리 준비를 했다고 하더라도 그들은 몇십 년 동안 아성을 쌓아 온 자들이다.

우습게 볼 수가 없다.

그렇기에 나온다. 이 성벽 위로.

헌터 관리원이든 거대 길드든 적이 쳐들어 왔을 때.

적을 가장 먼저 맞이하는 자가 내가 되기 위해서.

부족하지만 적어도 이끌어가는 자로서 앞으로 나서기 위해서. 그 누구보다 먼저 나서고, 그 누구보다 오래 버텨서 마지막의 마지막까지 모두를 책임지기 위해서.

그렇기에 나선다.

지키기 위해서. 나를 믿어준 자들을 지키려고.

그게 부족하지만 모두를 이끌기로 선택한 나의 방식이다.

내가 모두를 지키는 방식이다.

바보 같을 수도, 비효율적으로 보일 수도 있는 건 안다. 하지만 세상에 이런 리더 하나쯤은 있어도 되지 않겠는가?

바보같이 우직한 리더 하나 정도는 상관없지 않겠는가.

'고작해야…… 꿀잠이라는 건 포기할 수 있는 거지.'

내가 잠을 한번 포기하고, 무섭다는 마음을 가다듬고 언제고 성벽을 지키는 바보짓을 하는 게 최선이라 여길 뿐이다.

"……크흐. 가 보겠습니다 그럼. 오늘도 아침부터 회의라고요."

일으켜진 몸을 쫘악 펴고서는 성벽을 내려가기 시작했다.

그런 나를 이호준 소장은 열망 어린 눈빛으로 바라본다. 나로서도 부담스러울 정도로 뜨거운 눈빛을.

"……."

침묵과 함께 보내온다.

내려가는 내게 자신의 모자를 벗어 정중하니 인사를 올려온다. 마치 왕을 대하듯이.

보지 않았지만 느껴진다. 주변이 아주 자연스럽게 느껴지는 이능력 덕분으로.

쑥스러웠지만 또한.

'……오늘도 해 보자고.'

덕분에 힘을 낸다.

오늘도, 걸어간다. 해내기 위해서.

*　　*　　*

"다 모였군."

회의의 자리. 그곳에 많은 이들이 모여 있다. 길드원 중 간부라 할 수 있는 자는 전부 모여 있었다.

요즘 들어서는 중추뿐만 아니라, 중간 간부라고 할 수 있는 자들도 모인다.

파티 단위를 담당하는 정도의 자리에 있는 자들, 그보다 조금 많은 열 명 정도를 감독하는 자들도 함께였다.

작품에 미친 장인들도 나올 정도다.

군소리도 없었다. 다들 지금의 흐름이 중요한 걸 알아서다.

"오셨습니까."

"……."

모두가 나를 바라본다.

넓은 회의실. 나만을 바라보는 자들. 그들로부터 중압감을 느끼면서도 동시에 장관이라는 생각을 했다.

많은 이들이 한 생각을 가지고 이리 모여 있는 것도, 참으로 굉장한 광경이다.

그 광경을 음미하며 입을 열었다.

"상황은?"

"공사 자재들이야 이호준 소장이 어찌 마련해 오지만, 그 외의 것들이 문제입니다."

"생필품이야 어찌 되어도, 아시잖습니까. 여러모로 헌터는 소모하는 것이 많다는 걸."

"흐음…… 만드는 것도 한계가 있어. 도제 애들을 시켜도 그 애들이 공장처럼 찍어내는 건 아니니까."

헌터들은 생산자이기도 하지만 동시에 소비자다. 사실

어마어마한 소비자다.

공간장치 같은 특이한 장치를 필요로 하는 것도 물론이고, 기본적으로 장비라고 하는 것들도 소모품이나 다름없다.

그 외에도 많은 것들을 소비한다.

이능력에 따라서 정석을 소모하는 자도 있고, 장비 자체를 부숴가면서 사냥하는 자들도 있다.

헌터 관리원에서 만들어서 배포하는 회복 용품을 사용하는 자도 있을 정도다.

미리 준비를 하고 비축을 한 것이 어마어마하기는 하지만 그래도 무한한 것은 아니다.

특히 전투 이상으로 중요한 것이 보급.

보급의 중요성은 불라불라 설명할 것도 없다.

중요하다.

그 보급이란 게 제대로 이뤄지지 않고서는 앞으로가 제대로 돌아갈 리 없다.

'추잡스러우면서 효율적이란 말이지.'

헌터 관리원은 그 부분을 노렸다.

서부 지역의 헌터 관리원을 폭파시킨 그 다음 날. 헌터 관리원은 보내오는 모든 물자를 막아섰다.

장벽 너머로 물건들이 오고 가는 것을 지켜보지 않았다.

누구의 말마따나 장벽을 이용해서 국경을 막는다는 개소

리처럼, 장벽이 세워진 이후로 물건을 막기 시작했다.

이제 막 살아나는 서부. 생산을 하는 자들이라고는 장인들 소수만 있는 상황에서 이건 꽤나 치명적인 일이었다.

오랜 기간 생산 시설이라도 마련했다면 모르겠지만, 그건 아무리 나라고 해도 무리였다.

'길드원들 장비야 어찌되긴 했지.'

문제는 이 서부를 살아가는 모두들. 장비를 떠나, 길드원들의 가족마저도 여기에 와 있는 상황이다.

그들도 책임을 져야 했다. 사람이 많아진 만큼 챙길 것이 많다.

예상을 하기도 힘들다.

전쟁은 지극히 짧은 총력전이 될 수도, 몇 년을 지겹도록 끌어가는 장기전이 될 수도 있었다. 그건 이쪽에서도 확실히 알 수가 없었다.

그러니 다들 진지했다.

"당장 보급을 찾아야 해. 그게 아니더라도 거래처가 막히면 알잖나? 경기 서부 자체가 안 돌아가기 시작한다고."

"……더러운 새끼들."

누군가가 외치는 말에 나도 공감했다.

헌터들끼리의 대결에 일반인들도 이렇게 끌어들일 줄이야. 더럽고 치사한 새끼들은 맞다.

하여간에 헌터 관리원 놈들은 항상 이런 식이다.

우리에게 불법이라는 굴레를 씌우지를 않나, 정정당당한 승부를 하기 이전에 고사부터 시키려고 한다.

보통이라면 여기서 무릎 꿇을 거다.

하지만 우리 쪽의 대비는 철저했다.

지난 며칠 동안 이 녀석이 또 무슨 일이 생겼는지 연락이 힘들었지만, 끝끝내 연락이 닿았다.

그렇기에 오늘만큼은 부담을 벗고 웃을 수 있었다.

"다들 걱정 마시죠. 오늘 중으로 패 중에 하나가 올 겁니다. 꽤나 거나한 선물을 들고 올 테니까요."

"대체 무슨 소립니까."

"보급은 됐으니, 그 다음을 생각해 보자는 거죠. 어떻습니까?"

주변을 환기시킨다. 보급을 걱정하는 자들을 애써 달래고 다른 안건들을 차분히 넘겨간다. 왕처럼. 하나둘씩 해나간다.

모두가 회의에 빠져든다.

오랜 시간이 흘러간다. 그리고 한참 뒤. 기다렸던 이가 왔다는 소식을 들을 수 있었다.

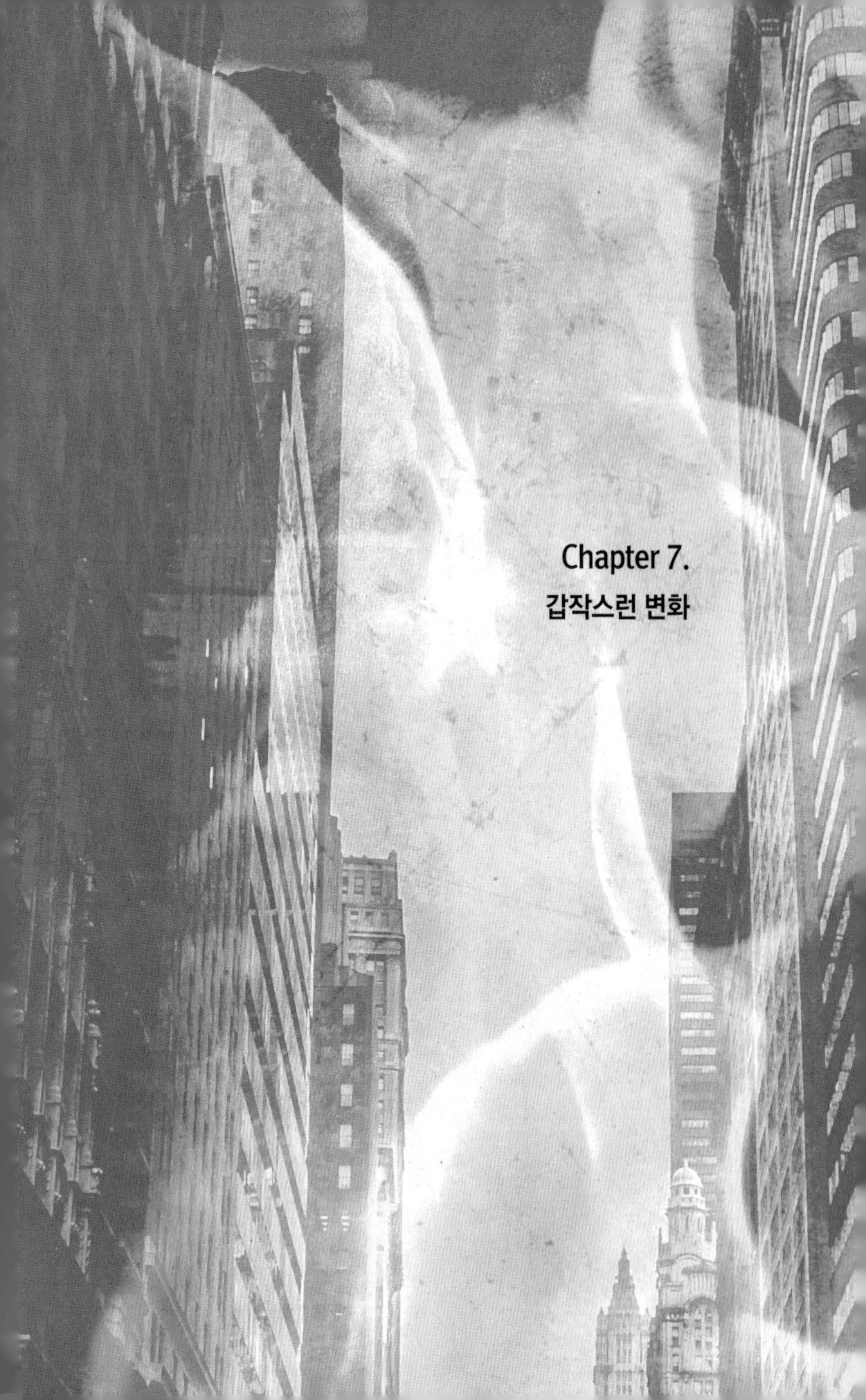

Chapter 7.

갑작스런 변화

회의를 끝마쳤다.

보급을 제외한 모든 것들에 대한 회의였다. 별다른 건 없었다. 지금까지 하던 일을 더 확실히 하자는 확인일 뿐이었다.

어차피 중요한 것은 지금의 회의에서 결정된 게 아니었다.

이미 떠나가 있는 운이철. 멀리서 지시를 받은 철인이 당장에는 핵심이었다.

그리고 또한.

'오늘이지.'

오늘 만나야 할 그가 중요했다.

회의가 끝날 때쯤이면 올 거라고 여겼는데 아직도 도착을 하지 않았다.

기다려야 하려나 생각을 하면서 우선은 내 방으로 걸음을 옮겼다.

*　　*　　*

그런데 안에는.

"오랜만입니다?"

환한 미소. 아니 마소(魔笑)라 해야 할까. 악동의 미소와 비슷한 걸 하고 있는 우혁은 전보다 편해 보였다. 얼굴이 폈다.

일을 잘 진행하고 있다고는 들었는데, 생각 이상으로 잘해 가고 있는 느낌이다.

근데 그건 그거고.

"어떻게 들어온 거야? 들어왔으면 입구에서부터 소식이 왔을 텐데?"

"흐흐. 통과할 필요가 없으니까요."

화아악—

그가 손가락으로 원을 그리자, 그가 그린 원에 균열이 일어난다. 그 안에는 지금 있는 내 방과는 다른 공간이 보인다.

숲과 몬스터. 그것도 상급 정도는 되어 보이는 몬스터의 기세가 느껴진다.

—크아아아아!

놈이 이곳으로 튀어나오려는 그 순간.

"아차차!"

스아악!

정우혁이 주먹을 꽉 쥐자 만들어졌던 작은 원이 그대로 사라진다.

"……이능력 써서 들어왔냐. 그런 데다가 이능력은 좀 쓰지 말라고."

"그래도 신기하잖아요?"

"신기하긴 하다만……."

나도 만만치 않게 다른 이들에 비해서 이능력을 팍팍 쓰기는 한다. 아끼는 것도 없다.

근데 이놈은 나보다 더 심했다.

방금 그 몬스터가 이곳에 소환이 됐다면 한바탕 난리가 났을 거 아닌가.

죽이지 못할 건 없지만, 길드 본부에 몬스터가 나오는 건 사절이다. 상상만 해도 아찔하다.

'대비를 좀 해야겠는데.'

이런 경우는 생각지 못하긴 했다.

나중에 이호준 소장과 공간 이동에 관련해서 상의를 해 봐야겠다는 생각이 들었다.

공간에 대한 대비가 없어서야 잘못하면 방벽이고 뭐고 쉽게 뚫릴 수도 있었다. 그럼 모든 준비가 소용없어진다.

공간 이능력자가 적긴 하지만 아주 없는 건 아니니까 꼭 해야 했다.

그리 생각하면서.

"다음부터는 입구로 와라. 적어도 예의라는 게 있잖냐?"

"크흐. 다른 사람이 예의를 말하면 이해는 하는데…… 기환 형님이 말하니까 재밌는데요?"

"씁……."

이 녀석 여유가 생기더니, 장난기만 도졌다.

이준혁은 여유가 생기니 인간미가 보이는데 어째 이 녀석은 영 아니다.

"운이철 부를까?"

"지금 없잖습니까. 그 괴물 없는 거 다 알고 왔다고요."

"……눈치만 빠르네. 그나저나 지금 왔다는 건 준비가 됐다는 거겠지?"

"물론이죠!"

정우혁이 자신감을 보이듯 당당하게 가슴을 탕탕 친다.

화아아악—

그리곤 크게 원을 그렸다. 영화에서 봤던 장면과 비슷하게 거대한 공간이 열린다.

따악—

그가 손을 튕길 때마다 원 안의 장소가 바뀐다.

장소는 바뀌지만 목적은 명확해 보였다. 하나, 하나가 거대한 창고들이었다.

뼈, 가죽, 이빨, 날카로운 손톱 등 몬스터 사체와 관련된 것들.

귀하다고 할 수 있는 것에서부터 최하급에 이르는 정석. 사람에게 꼭 필요하다고 할 수 있는 생필품에 이르기까지.

가짓수도 많았으며 수도 어마어마하게 많았다. 정말 질릴 정도로 많았다.

"무슨 마트냐?"

"크큿. 저희 가문만의 창고죠. 또한 거래처이기도 해요. 저래 봬도 저 안에 사람들도 꽤 있거든요."

"흐음……."

사람도 있다니.

아공간은 아닌 듯하다. 아공간의 경우에는 사람이 살 수 없다고, 다름 아닌 정우혁의 아버지가 공언을 했었다고 들었으니까.

'한국 어딘가에 마련되어 있는 거겠지.'

우혁이 가진 비밀 기지들. 그 안에 숨겨져 있는 창고들이 있을지도 모르겠다는 생각이 들었다.

나는 경기 서부를 하나의 영지로 정하고 왕이 되기를 택했다면, 정우혁은 전혀 다른 방식.

왕을 원하면서도 동시에 상인이기도 한 그는 한 곳에 영지를 꾸리기보다는 여러 곳에 자신만의 영지를 만들어내는 방식을 택한 듯했다.

이를테면 전에 들렀던 비밀기지와 같은 곳이 그의 영지 하나하나가 되는 식일 거다.

기지로 사용하면서도, 거래를 위해서 움직일 때에는 곧 휴식처가 될 거다. 그리고 지금처럼 좋은 창고가 되기도 할 거고.

'꽤 괜찮은 방식인데…….'

왕이 된다고 하면서 어찌해 나가고 있는가 했더니, 나랑은 다른 방식으로 꽤 잘해 나가고 있는 듯했다.

"……무슨 암시장 같은데?"

"다릅니다. 여기는 제가 주관하는 곳이거든요. 헌터 관리원과 다른 시장일 뿐. 숨어서 하는 곳은 아니죠. 알 만한 사람은 알거든요."

"알 만한 사람은 안다라……."

스아아악—

아직까지도 열려 있는 상점을 가만 바라보며, 감탄을 하고 있으려니 자신감이 넘치다 못해서 거만해 보이기까지 하는 표정으로 콧대를 세운다.

"제 어마어마한 재력이 어디서 나오는 거라고 생각하는 겁니까? 흙수저 형님하고는 다르다고요."

"시끄러 임마. 이제 겨우 물려 받았잖냐? 뒤질 뻔한 거, 돌고 돌아서."

"쳇……."

이래 봬도 이놈도 고생을 많이 했다. 죽을 뻔한 것도 다수. 내가 의뢰를 맡아서 잠시 도와준 적도 여러 번 있었다.

그런 의미에서 보자면 콧대 좀 세우면서 거만 떠는 것도 충분히 이해가 될 만했다.

문제는 내가 이해를 못한다는 거다. 누가 내 앞에서 거만 떠는 거 짜증만 날 뿐이다.

"쓸데없는 소리 하지 말고 거래나 하자고. 안 그러면 정말 운이철 소환하라고 한다? 너 가능하잖아?"

"……거래하면 될 거 아닙니까."

"사내 자슥이 삐치기는."

"삐친 거 아닙니다! 어쨌거나 본론으로 들어가 보자고

요. 본론으로!"

막상 일 이야기를 시작하자 바로 진지해진다.

지금까지는 동생으로서 장난기를 표출한 거였다면, 이제부터는 상인으로서 거래 대상을 대하듯 나를 대하기 시작한다.

공과 사가 철저하다.

이왕이면 나로서는 지인이니 사정을 좀 봐줬으면 하지만,

"……그 정도는 안 돼요. 이쪽도 밑지는 장사란 말입니다."

"상인이 밑지는 게 어딨어?"

"사정 봐드리는 거예요. 형님 무너지면 저도 무너지니까. 정말 원가로 해주는 거라고요?"

"흐음……."

본격적인 거래를 하니 한 치도 물러나지를 않는다.

전투를 벌이듯이 치열하게 거래를 진행하는 기세에 내가 다 눌릴 정도였다. 냉철하지만, 열정적인 정우혁의 눈은 꽤 매서웠다.

"좋아, 좋아. 그럼 이거야 그렇다 치고 바로 다음으로 넘어가자고."

"저야 좋죠! 나중에 한 건 해 주기로 한 건 잊지 않은 거

죠?"

"이 건부터 끝내고."

"좋습니다."

진지함 속에서. 서로가 하나, 둘씩 필요한 것을 얻어간다.

* * *

거래가 이뤄지는 동안에도.

"조심히 들어가. 여기부터는 중급 사냥터랑 다르다고."

"옙!"

길드원들은 꾸준히 자신의 할 일을 해 나갔다. 할 일 중에는 당연히 사냥도 포함되어 있었다.

사냥은 곧 장비의 소모를 의미하기도 하지만, 동시에 몬스터로부터 많은 걸 얻어내는 행위지 않은가.

당장 앞으로를 위해서라도 꾸준한 사냥은 중요했다.

헌터 관리원과 전쟁을 벌이다가, 뒤에서 몬스터라도 날뛰면 답도 없게 된다.

앞은 헌터 관리원 뒤는 몬스터가 달려드는 앞뒤가 적인 샌드위치의 상황이 만들어질 수도 있었다.

그래선 안 됐다.

그런 상황을 피하기 위해서 사냥은 결국 필수였다.

'잘하려나.'

길드원들을 인솔하고 있는 신상철의 표정은 도무지 펴질 줄을 몰랐다.

부산에서부터 이곳에 와서 자리를 잡은 그는 어느새 길드의 핵심 인물 중 하나가 된 지 오래였다.

그만큼 강해지기도 했다. 모두 운이철의 미친 수련을 이겨낸 덕분.

강하면 강한 만큼 책임이 주어지는 게 자라난 길드의 방식 아닌가.

강해진 신상철에게도 임무가 주어졌다.

아직은 중급에 머물러 있는 길드원들과 길드에 들어온 지 얼마 되지 않은 길드원들을 인솔해서 파티 사냥을 성공시키는 게 그의 임무였다.

사냥터 자체가 온갖 일이 벌어질 수 있는 걸 감안하면 꽤 어려운 임무를 맡은 셈.

그는 자신의 빠른 몸놀림을 이용해서 지금까지 잘해 왔다.

근데 오늘은 어째 불안불안했다.

'이상하단 말이지.'

감이 좋지 않달까. 불안했다.

부산에서부터 지금에 이르기까지. 김기환을 따라가겠답시고 선택을 할 때도 이놈의 감이라고 하는 건 꽤 잘 들어맞았다.

불안하면 일이 발생하곤 했고, 이거다 싶어 선택을 하면 그 선택이 위기에서 살아남을 동아줄이 되어 주곤 했다.

그의 동료들은 그걸 보고는 겁이 많다 놀려댔지만, 그로서는 생존본능의 발현이라 생각하며 자랑스러워했다.

그런데 그 감이 계속해서 위기 신호를 보낸다.

'새로운 놈이라도 태어났나.'

곧 있으면 도착할 헬하운드 사냥터는 이미 몇 번이고 경험을 했다.

보통 헬하운드 하면 머리 셋 달린 놈을 생각하지만, 셋짜리는 드물다. 오히려 하나가 가장 많고, 더 강한 둘 정도 달린 게 간간이 있는 수준이었다.

셋 정도 달린 헬 하운드는 아주 희귀하게 모습을 드러내곤 하는데 그만큼 강하다.

하지만 머리 셋이 달린 헬하운드가 나온다 하더라도 대비를 안 한 게 아니다.

지금 그가 인솔하고 있는 길드원들. 겉으로 보면 부족할지 몰라도, 상급에 어울릴 만한 자들이었다. 실력이 결코 부족하지 않다.

방심이나 실수만 않으면 머리 셋 달린 놈도 해결을 할 수 있을 정도다.

여기에 신상철까지 합세하면 아무리 셋 달린 놈이라고 해도 확실히 처리를 할 수 있다. 그러라고 인솔하러 온 게 아니겠는가.

'그런데도 왜 불안한 거야?'

그걸 분명 아는데도, 신상철로서는 불안감이 계속 가시지를 않았다.

'이상한데…… 이상해.'

그래도 계속 발은 놀렸다.

불안하다고 여기서 발을 빼기에는, 그가 인솔하고 있는 헌터들도 꽤 노력을 했다. 여기서 물러서야 실망만 클 거다.

그러니 계속해서 안으로 들어설 수밖에 없었다.

그리고 그 안에서.

'……대체.'

신상철로서는 생각지도 못한 것들을 보게 됐다.

* * *

시체. 시체. 시체.

오로지 시체만이 가득했다. 눈을 어디에 둔다고 하더라도 전부 같았다. 몬스터들의 사체였다.

모두가 헬하운드.

머리가 하나, 둘 달린 놈들이 다수였다. 셋 달린 놈은 단 하나도 없었다.

이 정도쯤 죽어 나자빠지면 하나 정도는 있어야 하는데도 그랬다.

거기다 죄다 말라 비틀어져 있었다. 머리 하나 달린 놈들 중에는 미라처럼 완전 삐쩍 마른 놈들도 있었다.

그런 헬하운드들의 시체가 즐비했다.

아무것도 모르는 헌터가 본다면 눈앞에 있는 사체들을 보고 잔뜩 신이 났을지도 모른다.

몬스터의 시체는 곧 돈이니까.

하나, 하나가 값은 안 나가 보여도 숫자는 많으니 이 사체들을 챙기면 떼돈을 벌 거라고 여기는 자도 있을 거다.

노다지였다.

하지만 눈앞을 바라보는 신상철의 눈은 결단코 노다지를 바라보는 자의 눈빛이 아니었다.

굳어 있었다. 평상시에 말이 많은 그와는 정반대의 모습이었다.

"대체 이게 무슨 일이죠?"

"……이게."

"……."

신강, 환수인, 김희철, 태인. 그가 인솔하고 있는 헌터들이 신상철만을 바라본다. 오로지 그에게 답이 있다는 걸 직감하듯이.

"……."

신상철은 그들에게 대답을 하는 대신에 성큼성큼 걸음을 옮겼다.

시체를 향해서였다. 시체와 가까워지면 가까워질수록 그의 표정은 심각해지다 못해 인상이 잔뜩 찌푸려졌다.

손에 헬하운드의 발을 쥔다. 팔을 잡아 시체를 당기자, 헬하운드의 가슴과 배가 그대로 노출이 된다.

"……으음."

무언가가를 발견한 신상철의 눈이 확 커진다.

투욱.

보지 말아야 할 것을 봤다는 듯 황급히 쥐고 있던 팔을 놓는다. 소름 끼친다는 듯 팔을 떨기까지 한다.

그리곤 주변을 다시 살핀다. 꼭 확인을 해야 한다는 듯.

'……없다.'

그곳에는 그가 찾는 것이 없었다.

이곳에 즐비해 있는 수십 마리가 넘는 헬하운드의 사체 중에 그 어느 것도 없었다. 두 가지나.

피와 심장.

몬스터를 잡으면 당연히 튀어야 할 피들이 그 어느 곳에도 없었다. 시간이 지나 굳었더라도 흔적은 남아 있어야 할 것인데, 단 하나도 없다.

또한 심장도 없다.

살펴본 건 한 마리지만, 다른 사체들을 살펴보지 않아도 뻔했다.

'……빌어먹을.'

확실하다.

그는 이런 광경을 처음 본 게 아니었다.

전에는 이미 익숙하기까지 했던 광경이었다. 그가 아는 가장 끔찍한 광경이기도 했다. 그 광경을 이곳 경기 서부에까지 와서 볼 거라고는 생각도 못 했었다.

그가 알기로 적어도 서부에서는 이런 일들이 벌어지지 않았다.

천정 길드의 그 이상한 무당년이 비슷한 일을 벌이기는 했어도, 그건 이것과 달랐다.

어디서 봤냐고?

부산이다.

그가 흘러들어 갔던 곳. 제2의 고향. 그곳에서는 이런 광경을 쉼 없이 볼 수 있었다.

그곳에서 발견되는 시체에는 가장 중요한 게 없었다. 알 만하지 않은가. 피와 심장이다. 그 둘이 사라진 시체를 심심찮게 보게 된다.

그리고 무슨 수작을 벌였는지 몰라도, 이런 식으로 피와 심장이 사라진 시체는 그 가치조자 없어진다.

방어구를 만드는 데 쓰인다는 가죽은 일반 동물의 그것보다도 질김이 부족하다.

방어력은 말할 것도 없다. 몬스터의 가죽이라고는 생각지도 못할 만큼 방어력도 내구성도 떨어진다.

가죽이 이런데 다른 걸 말할 필요가 있겠는가. 없다.

그런데 이 사실들이 왜 서울에까지는 잘 퍼지지 않냐고? 일반인들은 왜 모르냐고? 괴담으로만 떠도는 이유가 뭐냐고?

"……썩을. 왔나."

"무슨 말씀을 하시는 겁니까?"

"준비해라."

그의 말이 끝나자마자 흉성 어린 괴성들이 들려온다.

—그르르륵

—그륵

피와 심장이 사라진 사체. 그걸 따라다닌다는 핏빛의 몬스터들이 등장했다.

*　　*　　*

핏빛의 몬스터.

한 종을 말하는 건 아니었다. 놈들은 오우거로도, 키르카시로도, 헬 하우드로도 등장한다. 형체는 가지가지다.

다만 중요한 건 온몸이 핏빛이라는 것이다.

또한 강하다.

시간이 지나면 자체적으로 사라지기도 하지만, 문제는 사라지기 이전에 벌이는 살육이었다.

'그놈' 들이 만들었을 이것은 부산에서 지긋지긋할 정도로 봤었다.

'이 꼴을 보기 싫어서 서울을 왔는데…….'

그때는 말을 하지 않았지만, 그게 싫어 부산을 떠나온 신상철이다.

그와 함께 부산에서 온 자들도 전부 이런 것들이 질려서 왔다. 그런데 그 질린 것을 여기서 볼 줄이야.

그로서는 구역질이 치밀어 오르는 느낌이었다.

그럼에도 그의 눈은 계속해서 움직였다. 자신이 할 일을 했다.

'일단은 여섯 마리인가.'

수를 파악하고, 저들의 전력을 가늠했다.

어려울 건 없었다. 상대해 본 경험이 있다. 적이 어느 정도 강할지는 이미 안다.

여섯.

그와 그가 이끄는 파티라면 쉽게 상대할 수 있는 숫자다.

문제는 저것이 끝이 아니라는 거다.

이 여섯을 정리하는 동안 다른 것들이 모습을 드러낼 것이 분명하다. 그때는 여섯보다 많을 거다. 죽을 거다.

이건 일종의 법칙과도 같다. 지긋지긋한 법칙.

그래도 도망칠 수는 없었다.

그 하나만 몸을 빼는 것은 쉽겠지만, 문제는 그가 책임져야 하는 헌터들이었다.

잔정이 넘치는 그는 여기까지 잘도 따라 온 이들을 버릴 수 없었다. 간부로서 책임을 져야 한다 여겼다.

'……이래서 책임은 떠안지 않으려고 했는데.'

괜스레 헛생각을 해보지만, 몸은 철저하게 움직였다. 뽑아든 검을 꽉 쥐고 언제고 핏빛 몬스터를 상대할 대비를 했다.

"……다들 준비해라. 비상상황이다."

길드장처럼 미친 듯이 강하면 좋을 텐데라고 생각하며 명령을 내렸다.

곧바로 대열을 만들면서 태인이 물어 온다. 리더쉽이 강한 녀석이다. 늘 솔선수범하기도 했고.

"어느 정도입니까?"

"최고 위기. 누가 살 거냐?"

"……."

누가 사느냐.

최고 위기시 누가 도망가느냐를 결정하는 거다. 누구라도 알려야 했으니까. 간혹 빌어먹을 사냥터에서는 통신기구들도 터지지 않는 경우가 있기 때문이다.

지지지직— 지직—

그걸 증명하듯 그들이 비상용으로 준비한 무전기도 지직대기만 한다. 잡음만 낀다.

핸드폰은 보지 않아도 알 수 있었다. 통화권 이탈이겠지.

그렇기에 누가 사는지 결정하는 건 중요했다.

누구든 가서 이 사실을 알려야 했다. 최대한 빠르게. 그래야만 이들이 살 확률이 올라간다.

태인이 말한다.

"……대장이 가시죠? 가장 빠르지 않습니까."

"내가 가면 다 죽는다. 그건 다 죽자는 소리지. 닥치고 말해. 누가 갈 거냐."

"그럼 신강이 가야죠. 신강!"

"……시바. 나는 안 가."

신강. 신상철이 아끼는 길드원 중에 하나다.

이유도 단순하다. 같은 성씨라는 거 하나다. 우습겠지만 그거 하나다. 가족도 없지 않나. 같은 성씨라는 걸로 동질감을 느끼는 건 충분히 가능한 일이었다.

거기다 그의 이능력은 신상철과 비슷하게도 바람.

바람을 잘만 이용하면 몸을 날래게 움직일 수 있었다.

실제로 신상철의 방식을 배우려는 듯 그와 비슷한 방식으로 전투를 벌이곤 했다. 신상철도 많은 것들을 그에게 전수해 왔다.

신강의 빠른 성장에는 분명 신상철의 고생이 스며 있었다.

그렇기에 신강은 감히 갈 수가 없었다. 발길이 떨어지지 않았다.

"어떻게든 하면 되지 않습니까! 고작해야 여섯입니다!"

"……더 올 거다. 닥치고 가!"

더는 신강의 말을 듣지 않으려는 듯 신상철은 땅을 박찼다.

—그륵!

성대가 괴이하게 변해버린 핏빛 몬스터를 향해서 달려들었다.

샤아악.

순식간에 몬스터의 몸에 칼로 만들어진 선을 그린다.

즈즈즈즉.

신상철의 이능력이 부여된 검에 몬스터의 가죽이 가로로 쭉 찢어진다.

하지만 피가 튄다거나 하지는 않았다.

고통도 느껴지지 않는 듯.

—그륵!

되레 신상철에게로 달려들 뿐이었다.

그가 길게 찢어진 가죽? 치유라도 받은 듯 다시 도로 붙기 시작했다. 가장 크게 찢어졌던 중앙만 아직 수복이 덜 됐을 뿐이다.

'……역시.'

트롤이 떠오르는 미친 재생 능력이었다.

하지만 눈앞의 건 트롤이 아니었다.

머리 셋 달린 헬하운드가 모체인 듯한 놈도 있고, 가까이 있는 오크의 몸을 한 놈도 있었다. 트롤이 모체인 건 단 한 마리도 없었다.

그런데도 이리 강했다.

"형님!"

신강의 외침이 뒤에서부터 들려온다.

"어서 가!"

신상철이 외친다. 거칠지만 진심이 담긴 어조였다.

그럼에도 신강의 발길은 떨어질 줄을 몰랐다.

당장 떠나면 이곳에서 살아남을 확률은 자신이 가장 높을 테지만, 모두 죽을 수도 있는 걸 알면서도 달릴 만큼 독하지 못했다.

이제 막 몸을 풀어 신상철을 향해 달릴 자세를 잡은 태인이 말한다.

"……가라. 여기는 우리한테 맡기고."

"가라고. 우리도 살게. 네 다리에 우리 목숨이 달린 거다."

"……가. 살자."

가만 상황을 지켜보던 김희철도, 환수인도 전부 신강에게 말한다. 떠나라고.

어서 가서 모두에게 알리라고.

핏빛의 몬스터와 신상철. 그들의 전투에 신강이 달려갈 자리는 어디에도 없었다. 껴서는 안 됐다.

당장은 말을 들어야 했다.

그것이 신상철을 비롯한 길드원들의 유언이 될지 모르더라도. 움직여야 했다.

"시발! 살라고! 시발새끼들아! 내가 다시 올 때까지!"

콰아앙!

신강이 땅을 박찼다. 그가 가는 방향은 신상철이 있는 곳과는 정반대의 방향.

자라난 길드의 본부가 있는 방향이었다.

그가 떠나간 그 자리에서도.

"못 쫓아가게 잡아!"

"분발해. 버티라고! 버티는 데 주력하란 말이다!"

살기 위한 전투는 계속되어 갔다.

핏빛 몬스터들을 가르고, 잘라가며 버텨 간다.

—그르륵.

—그륵

그런 그들을 향해 또 다른 핏빛의 몬스터들이 다가오는 것은 바로 뒤의 일.

여섯을 넘는, 십수 마리의 핏빛 몬스터가 어느덧 주변을 감싸기 시작한다.

"……하, 운수 참 더럽군."

그의 나지막한 말이 끝나자마자.

—그륵!

몬스터들이 더 날뛰기 시작했다.

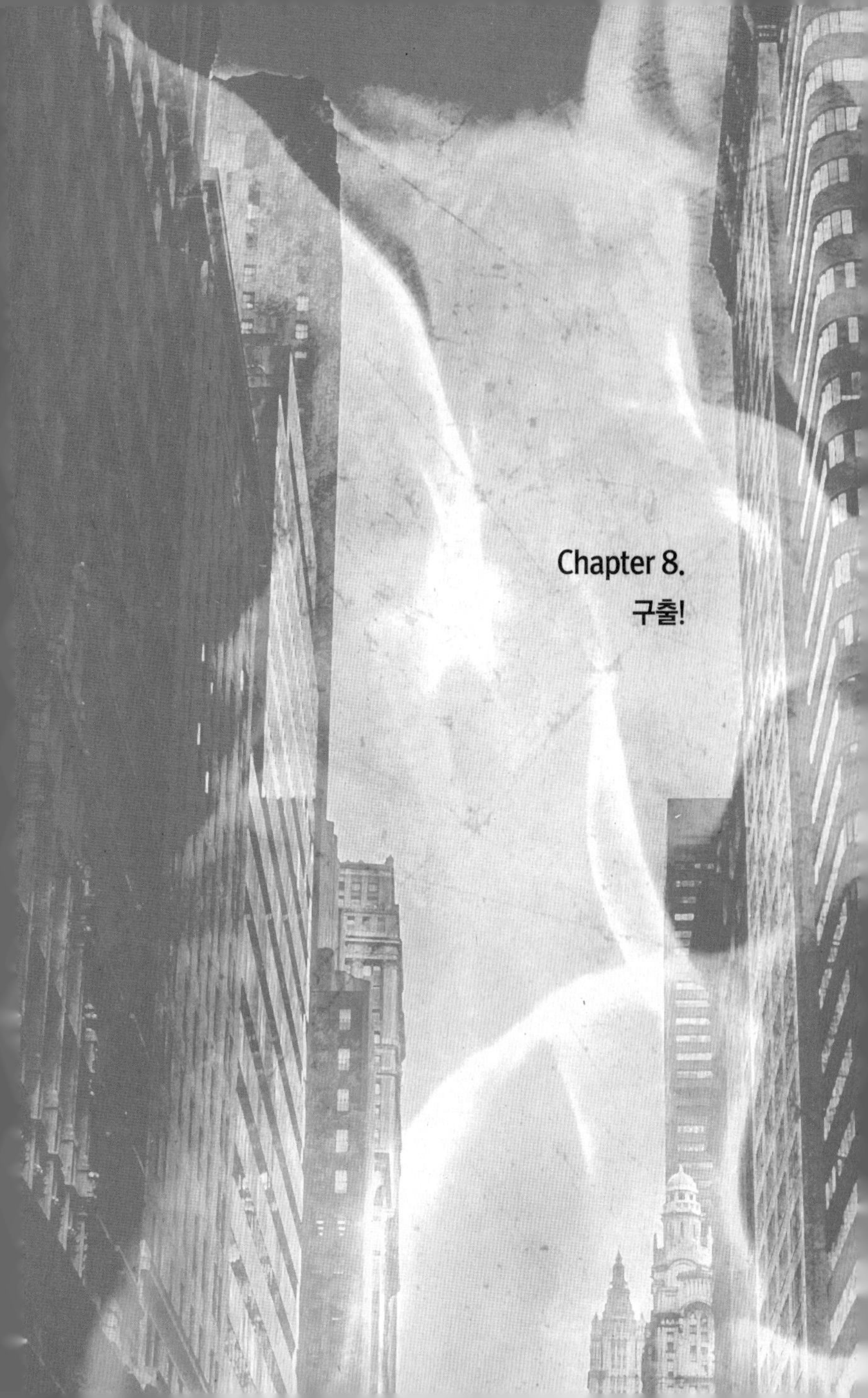

Chapter 8.

구출!

살아야 한다. 살아야 해. 죽어서는 안 된다.

'하…….'

내 꿈에, 목적에, 전투에 죽을 자가 단 하나도 없길 바라는 건 욕심이겠지만!

벌써부터 길드원들이 죽어서는 안 됐다. 그래선 안 됐다. 고작해야 몬스터에 죽어서는 안 됐다.

그렇기에 속도를 올린다.

화아아아악—

이능력을 이용해 땅을 박찬다. 내 몸으로부터 나온 화염이 주변에 옮겨붙는 것에 상관없이.

“너무 빠르다고!”

주변이 따라오지 못하지만 속도를 더 높였다. 오직 그곳에 있을 길드원들을 생각하면서.

“우와아아악!”

정신없이 달리면서도 단 하나만 챙겼다.

신강.

울며 불며 달려와서 형님을 살려달라고 외치던 놈. 그놈은 화염으로 감싸 내 옆에 띄웠다.

“손으로 안내해!”

“네, 넵! 크흐…….”

불안정한 자세. 힘들 것이 분명함에도 놈은 오직 앞만을 직시했다.

“저깁니다!”

“오케이.”

용케도 방향을 바로 잡아줬다. 달려갔다. 구하기 위해서.

* * *

‘얼마나 버텼지?’

아니 얼마나 더 버틸 수 있지.

정신이 아득하다. 피를 너무 쏟은 거 같다. 움직일 때마다 핏줄기가 함께한다.

몬스터의 핏빛에 내 피를 더하는 느낌이다.

—그르르륵.

피가 흐를 때마다, 마른 목을 축이듯 마셔대며 기뻐하는 몬스터들이 마음에 안 들긴 하지만 멈출 수 없다.

버텨야 했다.

해내야 했다.

"대장! 아니 형님! 뒤로 들어오십쇼!"

태인의 목소린가. 미친 소리다. 여기서 멈출 수는 없었다. 멈춰서는 안 됐다. 그래서야 다 죽는다.

내가 시선을 끌어야 했다. 끊임없이 움직여야 했다.

그게 모두가 사는 길이다. 아니 정확히는 나 말고 저놈들이 사는 길이다.

'망할 놈들.'

어쩌다 정을 줘버렸는지 모르겠다. 이 몸 하나 간수만 잘하면 된다 여겼는데, 언제부터 함께한 건지를 모르겠다.

처음 훈련을 받고 와서.

"잘 부탁드리겠습니다."

"저도요!"

인사를 올릴 때만 하더라도 아이 같은 놈들이었다. 아니 웬수였다. 쓸데없이 붙은 짐 덩어리였다.

그런데 그 짐 덩어리들이 어느 순간 소중해지더라. 아끼게 되더라. 좀 일찍 자식을 가졌으면 막내 신강 같은 놈도 가지지 않았을까 싶더라. 그래서 더 손이 갔다.

아끼게 됐다.

처음에는 길드장에 빌붙다가, 적당한 때에 손 끊고 혼자 잘 먹고 잘살려고 했는데 그게 안 됐다.

나올 수가 없게 됐다.

'……지랄 맞게 됐지.'

이 망할 길드는 올가미 같았다.

빠져나오려야 나올 수가 없는 곳이었다. 그놈의 정이 뭐라고. 죽도록 달려드는 길드장이 뭐라고. 하루만 더. 하루만 더 있다 가자 말하다 보니 어느새 지금까지 왔다.

나왔어야 했다. 그러면 이렇게 허무한 죽음은 당하지도 않을 텐데. 왜 지금에 와서야 멍청한 길드장 놈의 얼굴이 보이는 걸까? 처음에는 조금 쓸 만하다가 이제 와서는 완전히 괴물이 다 돼버린 그놈 얼굴이 왜?

'시발…… 주마등인가…….'

정말 죽을 때가 온 건지도 모른다.

정신이 더 아득해져 간다. 충만하던 이능력은 이미 거의 다 쓴지 오래다. 얼마나 더 버틸 수 있을까.

10초?

아니 5초?

—그르륵!

"……큿."

또 당했군. 잘해야 1초. 아니 이제 0초인가.

—그륵!

죽는 거군. 죽을 때가 되면 시야가 느려진다더니. 여태껏 보이지 않던 핏빛 몬스터의 몸짓이 잘도 보인다.

앞발을 휘두른다. 다가온다. 저 앞발이 얼굴에 작렬하면 그대로 두개골이 으깨질 거다.

'……고통은 없겠네. 푸훗.'

죽기 직전에 고통은 없을 거다. 머리부터 아작 나니까.

차라리 잘됐다 싶다. 미치도록 떠돌았던 인생. 자리 잡고 제법 잘하지 않았나. 그래도.

"형니이임!"

저 새끼들은 살았으면 하는데, 이 망할 길드장은 어쩐 일로 늦는…….

"버텨 새끼들아!"

"억!?"

후우우웅—

갑작스레 몸이 뒤로 내팽개쳐졌다. 내가 움직여서가 아니었다. 몸이 저절로 뒤로 빠졌다. 어떤 힘에 이끌려서.

"……큿."

"왜 몬스터한테 앞발을 들이밀고 있어?"

"……."

뭐야? 길드장이 온 건가? 신강 이 새끼. 잘했다.

길드장 옆에서 눈물 콧물 다 흘리고, 형님 형님 해대는 것이 추레하기 그지없지만 그래도 잘했다.

나 죽기 전에는 오지 않았냐.

비록 온몸에서 피를 쏟는 중이라 언제 과다출혈로 죽을지 모르겠지만.

그런데.

"……뭐야."

지금 나 길드장 품에 안겨 있는 건가? 공주님처럼? 하.

"나란 놈도…… 다 죽었군……. 시바. 사내가…… 드러운 사내한테……."

"시끄럿! 게이로 오해받은 건 운이철로 충분하다고! 버틸 수 있겠냐?"

"……오 분?"

오 분도 길게 잡았다.

긴장이 풀렸나. 당장 눈이 감기고 있었다. 감기면 뒤지는 걸 아는데도 잘 떠지질 않는다. 아직도 정신은 아득했다. 멍했다.

그런 내게.

"……삼 분. 딱 삼 분 내로 처리해 주지."

어느덧 너무도 커버린 길드장. 망할 놈에서 꽤 멋들어진 놈이 된 그놈이 선언하듯 말을 씹어 삼켰다.

—그르르륵.

—그륵!

달려드는 몬스터들. 어느새 가득 찬 핏빛 몬스터들을 향해 그가 걸어갔다.

온몸에는 화염을 뿜쳐내며. 주변을 그의 기세로 가득 채우면서 성큼성큼 걸어 나간다.

—……극

그의 손짓 한 번에 앞을 막던 전열의 핏빛 몬스터들이 녹아내린다.

"이따위 새끼들이! 감히!"

그의 분노 한 번에 뒤를 노리고 달려들던 모든 것들이 타서 재가 된다.

"죽여도 내가 죽인다고!"

그의 부름에 응한 화염들이 형상을 갖추고 군세가 된다.

어보미네이션을 상대할 때 나왔던 불의 군세들이 그로부터 하나둘씩 태어난다. 그의 형상을 복사하듯 늘어난다.

전보다 더 발전된, 사람처럼 움직이는 병사들이 핏빛 몬스터들을 상대하기 시작한다.

한 명이면서. 동시에 여럿.

화염이면서 동시에 군세가 되는 그의 이능력이 주변을 가득 채운 핏빛 몬스터들을 녹여내기 시작한다.

그 광경을.

"……."

모두가 함께 바라본다. 나를 포함해서.

'……꽤 하잖아.'

그것은 하나의 경의였다.

또한 우리를 이끌겠답시고, 언제고 희생을 하는 망할 길드장의 그다운 각오가 보이는 광경이었다.

절로 고개가 숙여지는 우리들의 왕. 아니 우리들만의 왕.

노예 취급을 받으면서도 우리 하나 살리겠다고 달려드는 바보 같은 왕이 나를 지키기 위해 달려왔다.

그 광경을 하나, 하나 담고 싶지만.

"형님!"

"……너 시끄러. 시끄럽다고."

계속해서 눈이 감겨 온다. 너무 무거웠다.

나 신상철. 꽤 노력했지 않나. 한량 주제에 책임을 다했다고? 조금은…… 쉬어도 되지 않을까?

*　*　*

'하…….'

온몸에 고통이 느껴진다.

정신이 돌아온 거겠지?

익숙하다. 망할 훈련을 하면서 몇 번이고 정신을 잃어 봤으니까. 치유가 돼도 온몸에 후유증이 남아서 부들부들 몸이 떨리는 경험이 처음은 아니다.

그래도 망할 눈꺼풀은 뜨고 싶어도 잘 떠지지 않았다.

무거웠다. 그래도 어렵사리 떴다. 아주 작게. 어렵사리 뜨여지는 실눈에 들어온 건.

"혀, 형님! 형님! 일어난 겁니까!"

"……시끄럽다고 했잖냐."

"그래도요! 형님! 눈 다시 감지 마십쇼! 또 죽는 거, 아니 쓰러지는 거 아닙니까!"

또 죽는다니. 신강답다. 참 잘도 무서운 소리를 해댄다.

그래도 눈은 다시 감았다.

뜨고 있기도 힘들었다. 어렵사리 눈을 떴는데도 아리따운 여인은커녕 시커먼 사내만 있는데 눈을 뜰 의지 따위가 생길 리가 없다.

"……애들은?"

"다 살았습니다. 길드장님이 와서는 다 정리해 줬습니다. 순식간에요!"

살았나. 아이처럼 떠드는 걸 봐서는 희생자는 없는 듯했다.

"정말 대단했습니다. 어쨌냐면은……."

"됐다. 나도 봤잖냐."

"중간에 눈 감으셨지 않습니까? 정말 죽는 줄 알았다고요!"

"시끄러. 어차피 괴물의 활약이야 부산에서부터 수없이 봤다고."

정말 괴물이다. 한없이 강해지는 괴물. 어깨에 이고 있는 책임이 더해질수록 더욱 강해지는 괴물. 그게 김기환이다.

'나라면 못하지…….'

바보 같지만 질릴 정도로 노력하는 게 그다.

"누가 괴물이래? 기껏 살려 놨더만 욕만 늘었어?"

"……왔나."

옆에서 그 괴물의 목소리가 들려왔다. 잔정도 많기는.

아리따운 여자는 아니지만 그래도 눈은 떠 줬다. 그 정도 가치는 있었다.

그런 내 옆으로 그가 풀썩 와서 앉는다.

"침대 좁다."

"시끄러. 그래도 은인인데 이 정도는 양보하라고."

"은인은 개뿔……."

"살려줬잖아?"

"길드장을 안 따라왔으면 이렇게는 안 됐겠지."

"떼쓰지 마. 준혁이 쪽도 복잡했던 거 알잖아? 거기서도 꽤 힘들었을 거라고?"

부산을 말하는 건가. 거기도 힘든 건 매한가지긴 했다. 여기보다 치열한 면도 있었다.

그래도 쉽게 인정할 수 있을 리가 없다.

"거긴 거기고. 여긴 여기지."

"……끝까지 우기기는."

"그나저나 길드장."

"왜?"

"이 일만 끝나면…… 나 정말 헌터일은 때려 칠 거다. 조용히 살 거야. 그 뭐냐, 요즘 유행하는 귀농? 그거 할 거라고."

"개소리. 귀농하다가 몬스터한테 죽는다. 그게 어디 쉽나."

"쓰벌…… 하여간에 좋은 소리를 못 해."

그의 말대로 떼를 쓰는 건지도 모른다. 그래도 이쯤은 해도 되지 않나. 그 정도 몫은 분명히 했다.

"그나저나 어떻게 됐나? 길드장. 애들이야 살았다 치고 그 뒤는?"

"……."

나의 물음에 침묵을 지킨다.

하지만 별수 없다는 듯 결국 입을 열었다.

"몬스터는 날뛴다. 아주 잘도 날뛰고 있지. 그리고 다른 것들도 날뛰더군."

"다른 거?"

몬스터가 아니고 다른 날뛸 것이 있던가? 이해할 수 없는 말이었다.

"……사람. 견제 들어왔다."

"하……."

사람이라. 이 시국에 날뛰는 사람이라면 그 정체가 너무 뻔하지 않나.

'……정말 썩을 놈들이군.'

뒤를 치자고 움직이는 걸지도 모른다. 아니 어쩌면 처음부터 작정하고 움직인 것일지도 몰랐다.

"어떻게 하려고?"

"……."

답을 해 줘야 할 김기환의 입은 굳게 다물어져 있을 뿐이었다.

*　　*　　*

신상철이 쓰러져 있던 그 사이.

모두가 그를 살리기 위해서 고군분투를 벌이고 있을 때.

그 상황을 즐기는 이가 있었다. 아주 웃음꽃이 피어났다. 자신이 만든 대로 상황이 돌아가니 좋을 수밖에.

"바로바로 움직여. 본래부터 그리하라고 한 것이지 않은가?"

웃음꽃이 피어서는 바로 명령을 내린다.

육욕의 왕이다. 그는 잔뜩 신이 나 있었다. 누구보다 즐거워 보였다.

미식 이전. 음식을 먹기도 전, 음식의 향이 가득 퍼졌을 때. 그때의 기분을 음미하는 듯 행복해 보이기까지 했다.

보좌관 중 하나가 조심스레 이야기를 꺼낸다.

"대기시킨 자들이 있긴 하지만 소수입니다. 몬스터도 예정보다는 일찍 걸렸습니다만은……."

이번 핏빛 몬스터를 들킨 것은 예상 밖의 일이었다.

최소 일주. 길게는 이주는 있다 걸릴 거라 봤다. 아직 많은 몬스터를 얻지 못한 상황에서 걸렸다.

자칫 악수일 수도 있으나, 타부가 생각보다 잘해 줬다.

일찍 발각되긴 했지만, 그 이전에 생각보다 많은 몬스터를 수족으로 삼는 데 성공했다 들었다.

근래에 사냥이 활성화된 서부 지역이다 보니, 새로운 몬스터들의 출현이 잦았다나?

죽은 몬스터들의 빈 영역. 그곳을 노리고 온 몬스터들을 복속시키는 것으로 핏빛 몬스터들을 잔뜩 얻을 수 있었단다.

예정보다 더 빠르게!

그러다 보니 예정보다 빠르게 걸렸을 뿐이다. 확보할 만큼은 확보했으니 문제는 없다.

문제는 사람.

헌터 관리원의 반기전에게 허락을 맡기는 했지만, 거대 길드들의 움직임이 조금 굼떴다.

엉덩이가 무겁다.

그의 복속 하에 있는 길드들은 모르겠으나 다른 왕들을 따르는 거대 길드들은 협조적이지 못했다.

'너무 오래 풀어줬어.'

개들의 목줄을 너무 오래 풀어줬다. 느슨하다 못해 다 끊어질 정도로. 그러니 이제 와선 사냥에 나가라 해도 나갈 생각을 않는 거겠지.

쓸모를 다한 사냥개는 삶는 법인데, 그걸 모른다. 분수를 모르는 자들이다.

'그 또한 엎어줘야겠지.'

이 일만 끝나면 그들도 정리할 생각을 품는 육욕의 왕이었다. 개돼지들은 개돼지다워야 한다 생각하는 그였다.

그래도 모을 만큼은 모았다. 당장 움직이는 데는 딱 적당한 수가 있었다.

"언제부터 상황이 항상 맞아떨어졌나? 일단 서너 개 보내. 그걸로도 당장은 충분하다."

"앞뒤를 한 번에 노리시는 겁니까?"

"그래. 이제 좀 이해를 했군."

"그 정도라면 바로 준비를 하도록 하겠습니다."

그의 안달에 보좌관들이 빠르게 움직이기 시작한다.

그중에는 타부를 경기 서부로 데려왔던 이철승도 있었다. 그런 이철승에게 육욕의 왕이 손짓을 한다.

"자네는…… 알고 있겠지?"

"물론입니다. 준비한 것 전부를 챙겨가겠습니다."

다른 보좌관들과 다르게 그는 타부를 움직여야 했다.

"더 챙겨주도록 하지. 그럼 확실할 테니."

"감사합니다."

"잘하라고."

"옙!"

얍삽한 여우와 같은 타부는 이철승처럼 강력한 자의 컨트롤이 필요했다. 보좌관 중 가장 강한 그는 지금의 역할에 딱 제격이었다.

'……성공이군.'

그는 육욕의 왕에게 충성을 바친 자 중 하나.

어울리지 않은 듯 보이지만 왕에게 몇 번이고 목숨을 구함받은 그로선 어쩔 수 없이 충성을 바쳐야 했다.

남들은 구출한 것마저도 계산된 것이라 말하지만 무슨 상관이랴. 궂은 목숨이라도 이어졌음 됐다.

살아남는 것. 살기 위해서 노력하는 것. 그게 수없이 많은 고비를 넘긴 그의 삶의 방식이었다.

'규모를 늘려도 되겠어.'

타부를 불러들였고, 몬스터를 조종하라 했다. 그들만의 방식으로 축제를 벌이라 했다.

완벽한 준비를 하기 전에 자라난 길드에 걸렸지만 상관은 없다.

어차피 무슨 일을 하든 완벽한 준비를 하는 건 쉬운 일이 아니었다. 중간에 걸린다 해도 그 정도 전력을 만들어 냈으면 됐다. 그 정도면 자라난을 흔드는 데는 충분했다.

따로 준비했던 정석들. 아직 지원을 하지 않은 정석만 주면 충분히 몬스터를 몰고 올 수 있다.

일종의 작은 몬스터 웨이브를 만드는 데 성공할 거다. 아주 완벽하게.

그 정도면 충분하지 않은가.

그런데도 왕은 거기에 한 발 더 나가기를 원했다.

더 지원을 한단다. 그득그득 쌓여 있던 그의 정석들을 오랜만에 풀 듯했다.

기세가 좋다.

"바로 움직이겠습니다."

"좋아. 좋다고!"

가장 먼저 이철승이 움직인다.

그 뒤를 따라서 다른 보좌관들이 움직이기 시작한다.

체스 말의 룩과 나이트쯤 되는 자들. 거대 길드들을 움직이기 위해서. 아주 빠르게!

* * *

"정말 많군."

"……이래서 방벽을 지은 거 아니겠습니까. 그래도 정말 많긴 하네요."

그들의 성벽 아래. 많은 자들이 진을 치고 서 있었다.

이전부터 서부 지역으로 들어오는 보급을 막겠답시고 헌터 관리원의 사람들이 진을 치고 있기는 했지만 지금은 더 많아졌다.

신상철이 당했던 그날 바로 다음날.

저들은 기다렸다는 듯이 성벽 아래로 달려왔다.

김기환이 조금만 더 늦게 도착했더라면, 간부들이 잘 막아주지 않았더라면 방벽을 뚫고 들어 올 기세였다.

그렇게 해서 방벽이 뚫렸다면 꽤 허무할지도 몰랐다. 그 동안의 모든 노력이 허무하게 무너지는 거니까.

다행히도 잘 막았다.

또한 저들도 김기환이 본부로 다시 돌아온 뒤로는 자중을 했다. 김기환이 쉽지 않은 것을 인정하는 거다.

그래도 기세는 여전했다. 소장 이호준이 성벽 아래에 있는 헌터들을 질렸다는 눈으로 바라볼 만큼.

"우리나라에 헌터가 저리 많은지는 처음 알았어. 거대 길드, 거대 길드 하지만 꽤 하는군."

"천하의 제니스가 와준 거 아닙니까. 흐흐. 그래도 다 헌터는 아닐 겁니다."

저들 모두가 당연히 헌터는 아니다.

헌터를 보좌하겠답시고 따라다니는 자들도 꽤 된다. 상급 헌터는 몇 명씩 고용을 해서 다니는 경우도 있다 들었다.

일종의 컨디션 조절을 위해서라나?

우습지도 않은 이야기다. 자기 과시일 뿐이다. 상급 헌터쯤 돼서는 이능력 덕분에 어지간해서는 잔병도 없다.

그런데 컨디션 조절을 위해 사람을 부리다니? 헛소리다.

“듣기로 다른 곳도 움직인다는데?”

“휘하 길드겠죠. 천정 같은…… 아니면 거대 길드일 수도 있구요.”

“……다 상대할 수 있겠나?”

아래를 질렀다는 눈으로 바라보며 물어오는 이호준이었다.

‘불안한가?’

아니. 불안은 아닌 듯했다. 불안하다고 하기에는 김기환의 눈에 보이는 이호준의 눈은 또렷했다.

다만 그 옆에 자리한 자들.

이호준의 말을 들어 움직이는 자들의 눈은 흔들렸다.

이호준이 입을 움직여 말한 것이지만, 그들에게 답하라는 의미였다. 불안감을 씻어달라고.

“문제없습니다. 보여줄까요?”

“어떻게?”

“이렇게죠.”

화아아악—

더 불안해하지 말라는 듯 이능력까지 불러일으켰다.

순간적으로 그로부터 뻗어나온 불길은 어마어마한 크기를 만들어냈다. 신화 속에서나 등장하는 거대한 불의 형상이 금방 그의 검에 새겨진 것과 같은 형상을 한다.

주작.

흔히 우스갯소리로 사용되는 주작이지만, 지금 이 순간만큼은 그 무엇보다 위압감이 넘쳤다.

—끼야아아아

그로부터 만들어진 불길이 성벽 아래에 있는 거대 길드를 향해서 쏟아진다.

"마, 막아!"

아래는 벌써부터 난리가 나 있었다.

전쟁이라도 난 듯 허둥지둥 장비를 챙기는 자. 자기 살겠다고 이능력을 사용하는 자. 혼비백산해서 달아나는 자까지.

예상치도 못한 갑작스러운 공격에 허둥지둥대는 그 모습은 우습기까지 할 지경이었다.

김기환이 불러낸 화염이 그들에게 닿아 폭발을 하려는 그 순간. 김기환이 손짓을 한다. 그 손짓을 받은 화염이.

—끼야아아아!

한 번 크게 외치고서는 다시금 공중으로 몸을 돌려 선회한다. 우아하게.

그리곤 공중을 크게 한 바퀴 돌고선 다시 김기환의 위로 떠오른다. 날갯짓을 하지 않음에도, 화염으로 만들어진 주작은 아주 자연스레 그의 위를 지키고 있었다.

성벽 위를 지키는 수호신과도 같은 모습이었다.

"자네!"

"왜요?"

"쳐들어오면 어쩌려고 그러나?"

"저런 오합지졸들이요?"

김기환이 다시금 앞을 가리킨다. 방벽 아래에는 이제 막 정신을 차리고 준비를 하고 있는 제니스가 있었다.

당황을 한 게 여실히 눈에 보일 정도다.

방금 전 김기환의 공격에 어찌 대응해야 할지를 모르겠다는 태도다.

"……누가 저런 거대 길드를 오합지졸이라 하나."

"왜 아니겠습니까? 줏대도 없이 남한테 빌빌대는 새끼들 아닙니까. 왕 아래에서 발이나 핥는 놈들이죠. 개돼지 같은."

"잘도 무서운 소리를 하는구만?"

"설마요. 자아, 지금도 불안합니까?"

"오합지졸을 상대로 그럴 이유는 없겠지."

"푸핫. 그런 겁니다."

척 봐도 아래에 있는 자들은 당장 쳐들어올 생각을 못 하는 듯했다.

어찌 장비는 챙기고, 대열을 이루기는 했지만 이능력까지 일으키는 자는 없었다. 다들 멍하니 성벽 위의 김기환과 넘실대는 화염을 바라보고 있을 뿐이었다.

누가 봐도 순식간에 기세는 김기환이 가져왔다. 단순히 손짓을 한 번 한 것만으로!

그런 상태에서 누가 불안감을 가지랴.

겁쟁이 중에 겁쟁이가 아니고서야 불안감을 가지는 것도 우스운 일이었다. 적어도 당장은.

“으차.”

얼토당토않은 짓을 벌인 주제에 김기환은 잘도 몸을 일으켰다. 상쾌하다는 표정까지 짓고 있었다.

“어디 가나?”

“다녀와야죠. 오늘도 지겨운 회의가 있으니까.”

“저 화염은 어찌하고?”

이호준의 말대로 아직도 화염은 크게 넘실대고 있었다.

유지를 하는 것만으로도 힘의 소모를 감히 감당하기 힘들 그런 화염이었다. 그런 걸 잘도.

“장식으로 하죠? 멋지잖습니까? 수호신 같고.”

“미친…….”

괴물은 장난처럼 유지하겠다 말한다.

그의 화염 하나만으로. 성벽 아래에 있는 길드 하나를 상대로 기세를 잡는다.

‘가 볼까.’

그리곤 바로 다음을 향한다.

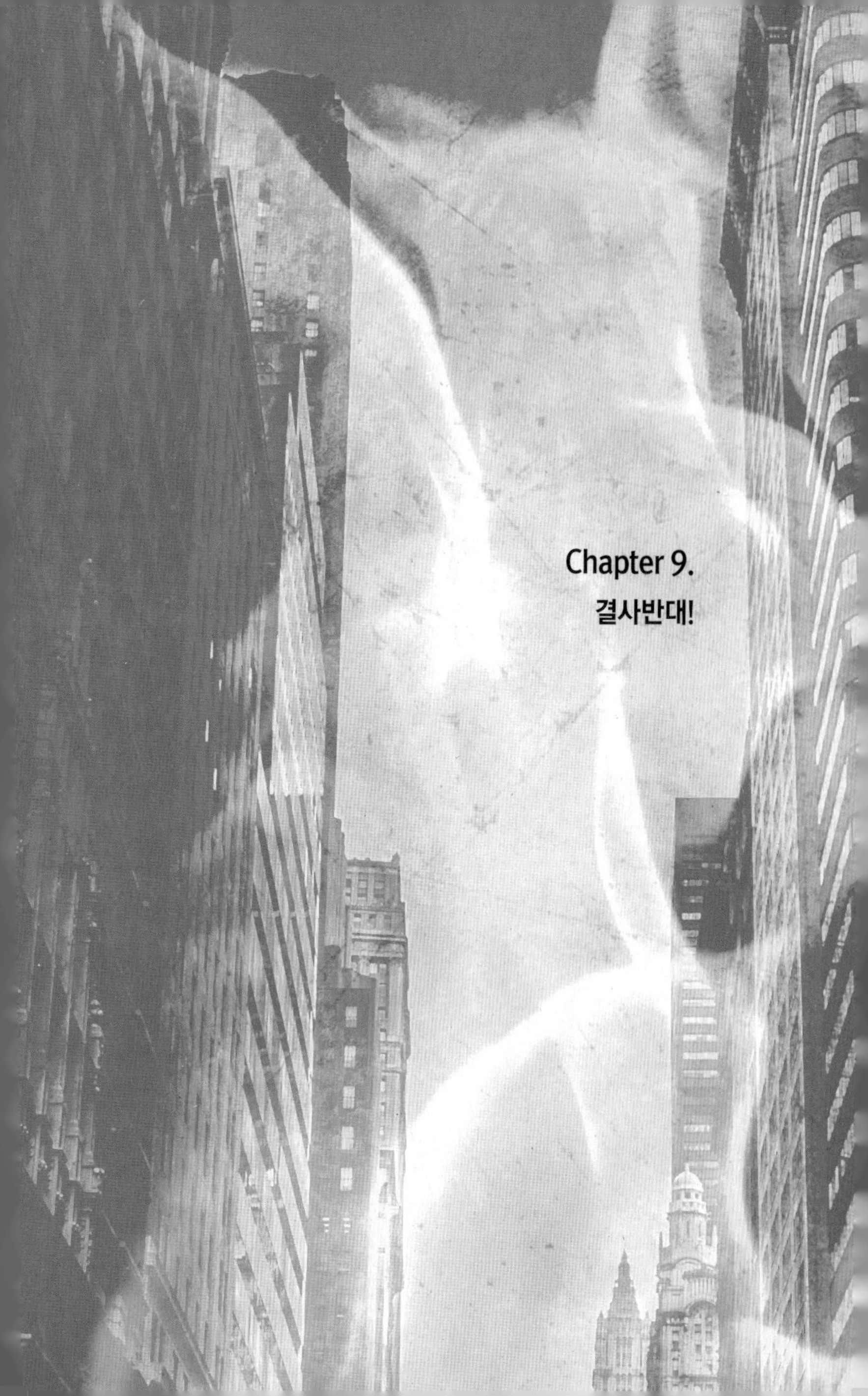

Chapter 9.
결사반대!

"안 됩니다!"

"안 돼요! 이번에도 그렇게 무리하는 건 안 된다구요!"

다들 결사반대를 한다. 굳건한 눈에는 타협의 여지도 없어 보인다. 한 마디 날렸을 뿐인데 이럴 줄이야.

'예상은 했다만…….'

반대를 할 줄은 알았지만 당황스러울 정도다.

"그럼 어떻게 할 건데? 달려가서 보니까. 몬스터들은 계속 늘어나고 있다며?"

"그건……."

핏빛의 몬스터들이 계속해서 늘어나고 있다.

핏빛이 핏빛으로 주변을 물들이는 형상이다. 커질수록 더욱 빠르게 번져나간다.

어떤 방식으로 쓰이는 건지 몰라도, 분명한 건 이능력이 쓰이고 있다. 그 이능력 덕분으로 핏빛의 몬스터가 계속해서 늘어난다.

핏빛의 몬스터가 같은 몬스터를 사냥해대고, 그 몬스터가 다시 핏빛의 몬스터로 태어난다.

언데드라고 하기에는 좀 다르다.

'아니라고 했으니까.'

우리와 협력하고 있는 자들 중에 하나. 작은 퍼즐 조각 중에 하나인 헌터에게 물었다. 이쪽 계열의 능력을 사용하는 녀석이었다. 놈은 핏빛의 몬스터가 언데드는 아니라고 확신했다. 다른 것이라고 말했다.

"비슷하지만 달라요. 이건 마법이지만, 그건 주술에 가깝다고요."

죽다 살아난 언데드와 피와 심장을 제물로 움직이는 놈들은 완전히 다르다나?

내가 보기에는 같은 것으로 보이지만, 언데드에 관련해서만큼은 가장 깊이 알고 있는 놈이니 믿을 만했다.

문제는 언데드는 아닌 것들이 언데드처럼 늘어난다는 것에 있다. 그래서 출발을 하려고 했으나 길드원들이 막는다.

여기를 떠나면 안 된다 한다. 이해는 한다. 당장 내가 움직이는 걸 제니스를 비롯한 거대 길드 놈들이 막고 있다.

성벽 밖에서 농성을 하는 것.

모두가 나를 견제하기 위해서다. 뒤에서는 몬스터가 오는데, 앞에서 진을 치고 겁을 주는 거다.

내가 빠져나가면 공격을 할 거라는 시위다.

나에게 더 날뛰지 말라고 말하는 신호다.

방금 전까지만 하더라도, 내가 날린 주작에 혼비백산하던 놈들이 우습기는 하지만.

'그래도 일단 성벽만 밀고 들어오면 또 모르지.'

어쨌든 거대 길드다. 여기서 내가 나선다면 빈집털이 당할 게 거의 확실하다. 아니면 적어도 큰 피해를 입거나.

그건 막아야 했다.

말 그대로 앞뒤로 난리인 상황. 빌어먹을 상황이다.

덕분에 다들 어찌하지를 못하고 있었다.

내가 나서면 어느 한쪽은 정리할 수 있겠지만, 몬스터를 잡으러 가면 거대 길드가 문제. 거대 길드에 집중을 하면 핏빛 몬스터가 얼마나 퍼질지를 모른다.

같은 몬스터를 잡아먹어 자라나는 놈들은, 수가 불어날수록 더욱 빨리 수를 불리는 데 가속도가 붙고 있었다.

결국 선택을 해야 했다.

모두가 아무래도 이런 것에는 약했다.

'운이철에게 너무 기댔을지도…….'

갑작스러운 상황에 다들 어찌할 바를 모른다.

어쩌면 우리 길드의 약점이 나온 것일지도 몰랐다. 무력은 몰라도 전략에는 너무 운이철에게 기댔다.

"……."

"……."

모두가 침묵을 하고 있는 가운데 열심히 머리를 굴렸다.

그라면 어찌 했을까. 아니 내가 운이철이 아니라고 하더라도, 길드장으로 어찌 선택을 해야 할까를 열심히 생각했다.

여기서 잘 판단을 해야 했다.

시간은 계속해서 지나가고, 적은 모여들고 있으니 어서 결정을 내려야 했다. 바른 판단을 내려야 했다.

'무겁군.'

하지만 내 선택 한 번이 잘못되면 길드원들이 잘못될 수 있음에, 지금까지 쌓아 온 모든 것들이 무너질 수 있음에 어깨가 무거워진다.

그걸 이겨낸다. 버틴다. 그리곤 결론을 내렸다. 내려야만 했다.

긴 침묵.

나는 고개를 들어 주변을 또렷이 바라봤다.

걱정하는 듯 바라보는 이서영, 한서은. 약간은 화난 듯 보이는 마동수. 사라진 머리숱만큼이나 몸은 탄탄해져 가는 허웅. 그리고 나를 믿음직스럽다는 눈으로 바라보는 스승 이송아까지.

오직 모두가 나만을 바라본다.

나의 결정이, 내 입이 떨어지기만을 기다리고 있다.

'이게 책임자인가.'

남이 대신할 수 없는 책임자라는 걸 실감하며 입을 열었다.

"이렇게 하도록 하자."

옳은 결정인지 아닌지는 모른다.

모든 선택의 책임은 나에게 있을 것을 안다. 무거운 걸 안다. 그럼에도 나는 굳건히, 최대한 진중하게 나의 결정을 전했다.

그런 나의 결정을.

"좋아."

"해 봐야지. 언제까지고 우리도 네 보호만 받을 순 없잖냐."

"……좋아요."

길드원들은 굳건히 따라줬다.

오로지 나로부터 비롯된 결정을 길드원들은 군말 없이

따라줬다.

* * *

이른 아침의 성벽 위.

궂은 날씨임에도 아침부터 성벽 위로 바로 내리 쬐이는 햇살은 뜨거울 정도였다.

오늘만큼은 제니스가 있는 방향의 성벽 위가 아니었다. 그들이 있는 곳과는 전혀 다른 방향이었다.

몬스터들이 나오는 방향이다.

바깥으로 나가면 검붉은 색의 몬스터들이 날뛰기 시작하는 그런 곳을 향했다.

사냥터는 여기서 멀기만 한데, 벌써부터 핏빛 몬스터들이 눈에 선한 느낌이다.

그 성벽 위를 묵묵히 걸어서 올라왔다.

옆에서 가만 나를 지켜보던 이의 목소리가 들려온다. 스승이었다.

"괜찮겠어, 제자? 불안하지 않아?"

"불안해 보이면 처음에 말려주시지 그랬습니까."

"푸훗. 제자의 길드잖아? 여기서 내가 나서면 상황이 웃기게 된다구."

"알죠."

스승이 나선다면 도움은 될 거다.

그녀가 핏빛 몬스터들을 처리하는 데 앞장선다면 너무도 쉽게 정리가 가능할지도 모른다. 하지만 그러지 않았다.

'스승님도 바쁘지.'

스승인 그녀가 따로 할 일이 있는 것도 이유긴 했다.

현재의 거대 길드들이 굼뜨게 움직이는 것. 모두 그녀가 이곳에 존재키에 가능한 일이다.

그녀가 현역으로 뛰던 시절. 그녀에게 도움을 받은 자들은 수두룩하다.

장인인 한철과 그를 따라온 장인들의 눈치를 보는 자들도 다수다. 장인들의 성격은 다들 제각각에 제멋대로일지라도 그들이 쌓아 온 인맥은 감히 무시할 수가 없다.

모두가 어지간하면 거대 길드에 있다. 그들 중에는 간부들도 수두룩하다.

그렇기에 스승과 장인들이 존재함으로써, 그들과 인연이 있는 자들이 쉽사리 움직이지 못하고 있다.

육욕의 왕도 왕이지만, 스승의 영향력도 있기에 그나마 이 정도 상황인 거다.

이곳을 지키기 위해서 내가 성 밖을 벗어나면 안 되듯, 스승도 비슷한 거다. 스승이 있기에 다른 이들 감히 경거망

동하지 못한다.

감사한 일이다.

또한 그렇기에 핏빛 몬스터에 관해서는 그녀가 나서지 못했다. 아무리 그녀라도 몬스터에게까지 영향력을 끼치는 건 무리다.

대신에 다른 이들이 나섰다.

길드원들이 나섰다. 운이철을 제외한 길드의 정예들 다수와 대부분의 길드원들이 나섰다.

"준비!"

그들의 가장 앞에 자리하고 있는 건 내가 아닌 허웅과 이서영이었다.

그들이 이번 핏빛 몬스터들을 상대할 주역이다.

내가 나설 수 없기에 함께하던 그들이 나서줬다. 위험할 수 있는 것을 알고 있음에도 기꺼이 나의 결정에 따라줬다.

나의 화염을 받아 생성된 무구들.

화염의 기운이 깃들어 붉은 빛이 절로 도는 무구들을 입은 길드원들은 여느 거대 길드 이상의 기세가 깃들어 있었다.

무구를 떠나, 그들의 기세 자체가 보통을 넘어섰다.

그런 그들에게 눈을 떼지 않은 채로 물었다.

"저애들, 스승님이 훈련시켜 줬죠?"

"알고 있었어?"

"모를 리가요. 매일같이 곡소리가 나던데요? 운이철이 없는데도 훈련소에서 곡소리라니. 뻔하지 않습니까?"

"제자가 눈치만 컸네? 후후."

"딱히 비밀도 아니니 눈치 못 채는 게 이상하지요."

혹시나가 역시다.

흐뭇하게 웃어 보이는 그녀, 나의 스승. 좀처럼 사람을 가르치는 법이 없는 그녀가 나서줬다.

길드원들을 상대로 훈련을 진행해 줬다.

나의 요청이 없었음에도, 그녀 스스로가 가서 행한 일이었다.

그녀의 고된 훈련. 때로 운이철보다도 독한 그 훈련에 훈련장 곳곳에서 곡소리가 흘러나왔을 정도다.

하지만 그때 흘린 곡소리가 지금에 이르러선 출진하는 저들의 생명줄이 될 것이 분명하다.

"……감사합니다."

"됐어. 공치사 들으려고 그런 건 아니니까. 거기다 어쩌면 이번 일은 우리 때문일 수도 있다구."

"예전에 육욕의 왕을 죽이지 못한 걸 후회하는 겁니까?"

"어느 쪽일까? 후후."

아주 오래전. 그녀가 현역이던 시절. 그때 육욕의 왕에 자비를 베푼 적이 있다 들었다. 그 뒤로 되레 배신을 당해서 현역에서 물러나게 된 게 지금의 상태.

세상을 바꾸지 못하고 오히려 배신을 당했던 스승과 한철은 십수 년의 시간이 지나 내 옆에 서 있었다. 가슴에 여전히 예전의 한을 담고서.

그런 스승에게 약속할 것은 역시 하나.

"후회하지 않게 해드리겠습니다. 아시잖습니까, 저 김기환입니다. 잘될 겁니다. 아니 잘되게 해야죠."

"……못난 제자가 말빨만 늘었다니까?"

부끄러운가. 어느새 얼굴이 새빨개진 스승이었다. 나로선 처음 보는 모습이다.

"시끄럽구. 어서 손이라도 흔들어 주라고."

"아……."

때마침.

성벽의 아래에서 움직이고 있던 길드원들의 출진이 시작됐다.

붉은 무구를 입은 모두가 나를 바라보고 있었다. 나의 한마디를 기다린다는 듯.

"출진!"

목청껏 외쳤다.

그 외침을 기다렸다는 듯.

"출진이다! 가자!"

"우리도 괴물만큼 할 수 있는 걸 보여주자고!"

길드원들이 움직이기 시작한다.

나의 보호를 받기만 하던 그들이 스스로 움직이기 시작했다. 레이드를 넘어, 핏빛의 몬스터들을 상대하기 위해서.

그들이 움직이는 그 모습은 붉은색의 물결이 주변을 가득 채우는 느낌이었다.

스스로 주변을 압도하고 있었다. 다 함께 모여 만든 조화로 더욱 큰 힘을 내고 있었다.

모인 그들은 하나의 장관이었다.

"후……."

그 모습에 불안감을 잠재웠다. 그들이 잘하길 빌어주었다. 얼마 뒤 있을 충돌에 승리하기를 바랐다.

'희생이 없기를…….'

*　　*　　*

찾아야 한다. 예전 같은 일들은 없기 위해서.

오직 그 일념 하나만으로 신상철은 끊임없이 몸을 놀리고 있었다.

"무리하지 마."

"이미 다 나았어. 이 정도는 해야지."

"……알았다."

그와 함께하고 있는 정찰조원들이 그런 그를 염려한다.

하지만 상황상, 핏빛 몬스터에 대해서 잘 알고 있는 이는 신상철뿐이었다.

그와 함께 온 부산의 이들도 경험이 없는 건 아니지만 정찰까지 가능한 이능력을 가진 자는 역시 그뿐이다.

그렇기에 그를 뒤로 물릴 수도 없었다.

땀을 삘삘 흘리는 것이 제 상태는 아니지만 어쩔 수 없는 일이었다. 다만 별일이 없길 바라며 그와 함께 주변을 살필 뿐이었다.

우거진 숲, 재앙이라도 일어난 듯 벌레 소리 하나 없는 침묵. 사람이라면 소름이 돋을 적막감.

"……."

그런 곳에서 모두는 입술을 앙다물고서는 끊임없이 흔적을 찾아갔다.

푸슥.

어딘가 바람 빠진 소리가 났다. 작은 소리지만 그 소리를 놓칠 자는 여기엔 아무도 없었다.

모두가 서로를 바라본다. 자신들이 생각하는 것이 맞냐는 의미의 눈빛을 교환한다.

"……딱 한 번이면 돼."

"조심해."

"……."

직접 눈으로 봐야만 한다는 의미였다.

만약 이곳에 없다면 다른 곳을 찾아야 했다. 잘못 판단해서 이곳으로 길드원들을 불러들였다가 허탕이라도 치면 문제가 된다.

그렇기에 조심스레 걸음을 옮겼다.

'후우…….'

지난번에는 핏빛 몬스터에게 기습을 당했더라면, 지금부터는 자신이 기습할 차례.

복수하겠다는 마음가짐으로 조심스레 풀숲을 헤치고 들어가는 정찰조였다.

* * *

삐유우우욱— 퍼엉!

조용하기만 하던 숲속의 하늘을 신호탄이 수를 놓는다.

요란스럽기 그지없었다. 통신 장치가 잘 작동하지 않을 때는 요란한 만큼 좋은 신호는 없었다.

자라난 길드원들로서는 기다리고 있던 신호였다.

"북쪽입니다."

"가자. 빠르게 움직여!"

저 신호를 보낸 자들은 정찰조다.

아군이 본 신호를 적이라고 해서 보지 못할 리가 없다. 달려들고 있을 거다.

핏빛 몬스터들로부터 정찰조는 미친 듯 달리고 있겠지.

한 명이라도 잡히기 전에 도착해야 했다.

"달려!"

그렇기에 바삐 걸음을 옮긴다. 달리고 또 달린다.

* * *

검붉은 핏빛과 타오르는 화염의 붉은색이 부딪치기 직전.

각기의 빛을 뿜어내는 그들의 움직임은 그것만으로도 매력이 있었다.

다만 그것은 어디까지나 멀리서 보는 자들이 느낄 수 있는 매력이다. 부딪침 한가운데에 있는 자들은 매력을 즐길 새가 없었다.

"준비!"

끊임없이 몸을 놀리면서도 할 일을 다 한다.

화아아아악—

제각기 화려한 이능력들이 모습을 드러내기 시작한다.

화염의 붉은색에 각각의 이능력들이 부여되며 가지각색의 색들로 꽃을 피운다.

'좋아.'

'할 수 있다.'

의지를 세운다. 전의를 불태운다. 서로에게 믿음을 가진다.

이능력을 얼마든 받아주는 무구들이 가득 차오르도록 계속해서 힘을 뽑아낸다.

"날려!"

—그르르륵!

몬스터들이 가까워지기 직전. 신호가 왔다.

형형색색으로 물들어 있던 이능력들이 몬스터들을 향해서 쏘아져 나간다.

—그르륵!

자신들의 위를 바라보는 몬스터들. 그들의 머리 바로 위에까지 공격들이 작렬해 있었다.

가장 먼저 달려오는 것은 바람.

찌으윽.

그들의 가죽을 갈기갈기 찢어준다. 일차적인 공격. 하지만 당장 소용은 없어 보였다. 순식간에 그들의 가죽이 다시금 재생을 하기 시작한다.

—그륵!

몬스터들은 그 공격조차 무시하고 전진을 하려 했다.

하지만 이차가 바로 떨어져 내렸다.

가죽이 전부 수복되기 이전에 다음 공격이 작렬한다.

화염이 그들의 상처를 지진다. 다시는 회복할 수 없는 치명적인 상처를 선사한다.

거품이 부글부글 끓으며 그마저도 수복하려고 하지만!

소용돌이치는 물은 바람을 타고 들어가 한 방울 한 방울이 치명적인 공격이 된다. 몬스터의 몸을 타고 들어간다. 몬스터의 안에 스며들고도 이능력의 물방울들은 그들을 만들어 낸 자의 의지를 따랐다.

안에서 작은 소용돌이를 만들어내 조각조각 찢어버리기 시작한다.

살을, 근육을, 내장을 그대로 찢어발겨 버린다.

—그……륵.

아무리 핏빛의 몬스터라고 하더라도 내부에서부터 이어진 공격을 쉽사리 막아낼 수는 없다.

무한한 재생력을 가졌다고 말을 하곤 하지만, 내부의 공격엔 의외로 취약했다.

쿠우웅— 쿵—

끊임없이 달려들던 핏빛 몬스터들의 몸이 하나둘씩 무너

져 내린다.

광기로 가득 차서 달려들던 몬스터지만, 안이 갈기갈기 찢겨진대서야 당장 움직일 재간이 없었다.

그럼에도.

—그르륵!

—그륵!

자신들의 동료가 죽은 것에 상관 않고 살아남은 놈들은 행진을 시작한다.

가지각색의 형상. 핏빛이라는 걸 제외하면 생김새마저도 가지각색인 놈들은 애시당초 동료의식이라는 것이 없었다.

살육본능.

오직 본능만을 위해서 몸을 놀리고, 달려 나갈 뿐이다.

그들을 조종하는 자의 명령을 듣기 위하여 나아갈 뿐이다.

죽음.

피와 심장을 도려내고, 그 피와 심장으로 적을 자신들의 동료로 삼는 것. 그것이 놈들의 존재의의다.

본능에 충실하게 놈들은 거리를 좁히려 애를 썼다.

하지만 바로 이차 공격이 날아든다.

그그그그긍—

쿠웅!

그들의 위로 거대한 철벽이 떨어져 내린다.

"……흣."

이서영이 만들어낸 두터운 철벽이었다.

수련으로 자신의 이능력을 멀리까지 부여하는 데 성공한 그녀의 철벽이 주저앉은 핏빛 몬스터들을 그대로 짜부라트린다.

으깨진다. 그대로 곤죽이 돼 버린다.

홀로 수십 마리의 핏빛을 으깨는 데 성공하는 그녀였다. 일대가 순식간에 삭제된다.

그러고도 남은 나머지.

핏빛의 파도를 만들어 내는 놈들의 전열을 향해 떨어져 내리는 것이 있었다.

고오오오오오—

존재 자체로 주변의 것을 빨아들이는 중력의 구체.

중력 자체를 강화하고, 또 강화하여 일견 블랙홀처럼 모든 것들을 빨아들이는 마동수의 구체가 그의 몸보다도 거대하게 생성됐다.

고작해야 주먹만 한 것을 형성하는 데도 애를 먹던 예전과는 전혀 다른 규모였다.

"……크흐."

힘 대부분을 사용한 듯 그의 온몸은 이미 땀으로 젖은 지 오래. 전투를 지속하는 데는 꽤 무리인 듯한 모습이었다.

그럼에도 끊임없이 집중한다. 그가 만들어낸 중력의 구체가 몬스터들을 향해 확실히 작렬할 수 있도록!

위력은 충분해 보였다.

구체가 위에서 아래로 떨어져 내린다.

단순히 떨어져 내릴 뿐이지만, 주변의 모든 것들을 씹어 삼킨다.

—……그륵

전직을 하던 핏빛의 몬스터들이 빨려들어 간다. 삭제가 되어버린다. 이서영의 것은 시체 조각이라도 남겨줬건만, 마동수의 중력은 시체조차 허락지 않았다.

잔해조차도 중력의 구슬 안으로 빨려들어 간다. 빠져나오지 못한다.

이서영과 길드원들이 만들어 낸 사체조차도 전부.

세상 모든 것을 잡아 먹고서야 끝을 낼 것처럼 중력의 구슬은 끊임없이 주변을 집어삼켰다.

순식간에 영역 하나가 다시금 사라진다.

적의 전열을 삭제하는 데 성공한다.

'괴물이 괴물을 만드나.'

그 광경을 보며 질린 표정을 짓는 자. 이준성. 그는 여기 와서는 꽤나 놀랄 일이 많다는 생각을 하며 검을 뽑아들었다.

사사삭—

그의 검이 순식간에 늘어난다. 수십을 넘어 백을 넘어간다.

전에는 겨우 수십을 만들어 내던 그였건만, 이제는 배 이상의 숫자를 만들어내는 데 성공했다.

'역시 좋군.'

치열한 수련? 장인들이 만들어준 무구? 그런 것들로 그는 강해지지 않았다.

아쉽게도 그의 이능력은 다른 자들과 달랐다.

단순히 그런 것들로 그는 획기적으로 강해질 수 없었다.

대신 새하얗디새하얀 검. 철인이 준 정체불명의 검을 이해해야 했다.

놈의 의지를 읽어야 했다. 놈이 어떤 존재인지를 파악해야 했다. 끊임없이 생각하고 느껴야 했다.

이 검의 힘을. 모든 걸 다 베어버리고 싶다는 의지를.

검에서 전해지는 끊임없이 이어지는 살심. 그 살심을 이겨내고 또 이겨내어 자신을 담금질해야 했다.

철저히 담금질해 나갔다. 그 담금질을 통해서 그는 강해졌다. 궤를 달리하는 방식으로 강해졌다.

그리고 그 성과를 지금 보이고 있었다.

백을 넘는 검이 그 증거다.

그럼에도 그는 만족하지 않았다.

'아직 모자라.'

아직 이 검에 대한 모든 이해를 하지 못했음을 알았다.

더 이해해야 했다. 살심을 잠재워야 했다. 고련을 해야 했다. 그럼으로써 더욱 강해질 수 있다는 걸 안다.

언제고 괴물인 김기환과 한 번이라도 마주하기 위해서라도 아직은 만족할 수 없다.

'괴물 때문에 기준점만 높아졌어.'

전이라면 이 정도로 만족을 했을 텐데도, 지금에 와서는 이 정도로 만족을 하지 못한다. 김기환이 더 높은 경지를 보여줬는데, 승부욕 강한 그로서는 여기선 멈출 수 없었다.

그래도 그것은 나중의 일. 모든 일이 끝나고 난 뒤에 있을 선의의 경쟁이다.

지금 당장은.

—그르르륵!

저 몬스터들을 삭제시켜야 했다. 존재 자체를 없도록 만들어야 했다. 그렇기에 그의 눈은 흔들림이 없다. 가만히 전장을 살핀다.

"탱커진 준비! 일열 부딪친다!"

쿠우우우웅—

모든 준비를 마친 채로 측면에 서 있던 탱커들이 핏빛의 몬스터들과 부딪치는 것을 바라본다.

이서영과 마동수의 합작품. 미친 듯한 살육을 피하고 개떼처럼 달려드는 몬스터들을 향해서 걸음을 옮긴다.

"가볼까."

타오르는 숨. 부딪치는 살기. 걸려 있는 판돈은 자신의 목숨. 전장. 그 안에 발을 디딘다. 한가운데로.

우우웅—

그의 검이 그와 함께한다.

"……."

침묵 속에 검을 휘두른다.

그의 의지를 따른 검들이 제각기 다른 형상으로 휘둘러진다. 공통점이라고는 하나. 몬스터를 가장 효율적으로 죽일 수 있는 방식으로 움직인다는 것뿐.

그가 움직일 때마다 핏빛의 몬스터들이 둘로 나뉜다. 검은 가차 없이 놈들을 두 동강 냈다.

몸이 두 동강 났음에도 다시금 달려드는 놈들이 있었다.

상관없었다.

'죽을 때까지 베어버리면 돼.'

앞으로 나가면 될 뿐이다.

부딪쳤다.

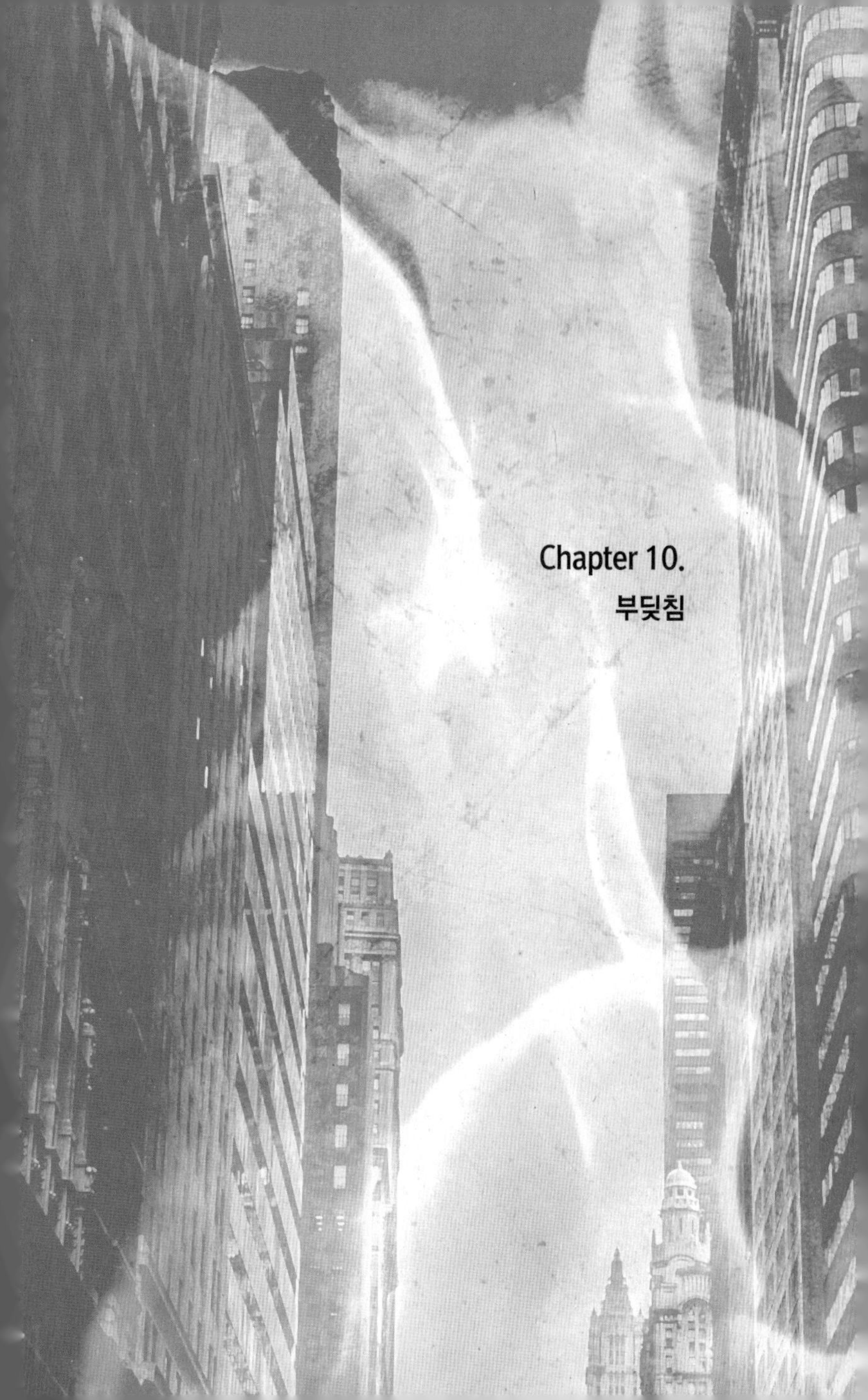

Chapter 10.
부딪침

“하아…… 하.”

숨이 물결치듯 계속해서 밀려든다. 거친 숨을 내뱉기는 싫지만, 그렇지 않고서야 버틸 수 없는 형편이었다.

괴물처럼 흔들리지 않는 철인과 같은 모습을 보여주고 싶지만 거기까지는 무리였다.

‘너무 흥분했나.’

가장 앞에서 가장 많은 놈들을 으깬 그다.

탱커지만 그 이상으로 활약을 해 줬다. 두텁고 탄탄해진 몸. 그 몸을 이용해서 부딪치는 놈들을 그대로 부쉈다.

이서영이나 마동수처럼 한 방에 일대를 초토화시키는 짓

은 하지 못했지만, 눈앞에 있는 것들을 으깨고 부수는 데는 충분했다.

어마어마한 활약을 했다. 간부라는 자리에 어울리고도 남을 만큼!

한철이 특별히 준 무구의 덕도 있지만, 그게 아니라고 하더라도 그가 그동안 해 온 수련과 피 끓는 고통이 있었기에 가능한 일이었다.

그의 성과가 눈앞에 가득했다.

"끝인가……."

"일단은 그렇지."

눈앞에 몬스터들이 널려 있었다. 사체다. 핏빛 몬스터들의 사체.

피도 흘리지도 않는, 아니 흘리더라도 금방 사라져 버리는 놈들의 피는 눈앞에 흔적조차 없었다.

대신 핏빛의 가죽을 그대로 둘러 입은 채로 죽어 있을 뿐이었다.

핏빛이 멋있다고 하는 자들도 있지만, 저 핏빛 몬스터가 생기기까지 같은 몬스터의 피와 심장을 제물로 사용했다는 걸 생각하면 멋있지도 않았다. 되레 역겨울 뿐이다.

그래도 역겹다 해서 피하듯 도망치기에는 그로선 해야 할 일이 있었다.

“저건 또 저거대로 쓸모가 있다 그랬지?”

“그렇다 들었다. 우리는 몰라도 장인들에게 가져다주면 알겠지.”

중력을 이용하여 계속해서 몬스터를 으깼던 마동수. 그도 허웅과 똑같이 숨을 몰아쉬면서 답을 해 주고 있었다.

“그럼 챙길 수밖에 없겠네.”

“지긋지긋하게 챙기기야 하겠지만, 어디든 쓰겠지. 어서 챙기자.”

“……오케이. 다들 공간 장치 챙겨!”

가장 먼저 허웅부터 움직였다.

쯔와아압— 쯔왑—

가지각색의 크기를 자랑하는 핏빛의 몬스터들을 공간 장치가 그대로 흡수를 한다. 그 크기에 상관없이 청소기에 빨리듯 쑤욱 들어간다.

가장 앞서 움직이던 허웅이 솔선수범하고 있지 않은가. 그를 따라 지친 숨을 내쉬고 있던 다른 길드원들도 움직이기 시작한다.

핏빛으로 가득 찼던 숲이 제 색인 녹색을 찾아가기 시작한다.

*　　*　　*

흔히 전략에서 지형은 그 무엇보다 중요히 여겨지곤 한다.

높은 곳에 있는 자가 낮은 곳에 있는 자보다, 다른 곳에서 달려온 자보다 미리 대기하고 있던 자가 더 유리한 것은 상식과도 같은 일.

헌터 대 몬스터의 싸움에서도 지형은 당연히 중요했다.

그렇기에 길드원들은 지형을 이용했다. 아니 만들어 냈다.

땅의 이능력자들의 힘을 써서 본부의 방벽만은 못해도 임시로 사용할 수 있는 방벽을 만들어냈다.

당장 공격력은 낮은 땅의 이능력자들을 이용해서 지형 자체를 만들어 낸 거다.

이는 운이철이 제시했던 몬스터 섬멸전을 위한 방법 중에 하나였다.

삼면이 둘러싸여 있는 벽을 야트막한 언덕 위에 만들어내고서는, 몬스터들을 유인했다.

핏빛 몬스터든 일반 몬스터든 상관없이 유인을 했다.

핏빛 몬스터는 없애야 할 존재기에 유인을 하였고, 몬스터는 핏빛 몬스터에 먹히기 전에 처리하기 위해 움직였다.

어마어마한 전투가 됐다.

덕분에 다들 피로도가 상당했다.

방벽 위에 올라서 경비를 서고 있는 이들도 당장 눈 아래의 다크 써클이 턱까지 내려올 기세였다.

육체 능력에 상관없이 계속되는 전투로 인해서 쌓이는 정신적인 피로도가 상당해 보였다.

"며칠이나 됐지."

"사흘."

"무슨 일주일은 더 지난 거 같군."

"엄살은 피우지 말자고. 이런. 또 온다."

슈우우웅— 퍼엉!

아낌도, 망설임도 없이 바로 신호탄을 당긴다.

미리 대기하고 있던 탱커들이 달려가기 시작한다.

마주하고 있는 곳. 그들의 방벽 너머에는 핏빛의 물결이 달려오고 있었다.

"준비!"

"옙!"

삼면이 막혀 있다. 비록 땅의 이능력으로 만들어낸 토성이라고 하지만, 없는 것보단 나았다.

몬스터들은 본능적으로 그걸 알았다.

막힌 삼면이 아닌 뚫린 한 면을 자연스레 노린다. 그곳에 탱커들이 존재하고 있었다.

"딜러진!"

"준비 완료! 갑니다!"

처음의 전투처럼. 몬스터들을 향해서 공격들이 작렬하기 시작한다. 전투가 또 시작된다.

*　　*　　*

삭제시키고, 또 삭제시킨다.

당연히 없애야 할 존재를 없애듯이, 딜러들의 이능력은 핏빛의 줄기를 끊임없이 지워 나갔다.

푸른 초원 위에 핏빛을 쌓았다.

계속해서 죽여 나갔다. 근접이고 장거리고 상관없이 쭉 그래 왔다.

계속되는 전투로 정신적 피로도는 상당할지언정, 프로답게 자신들의 할 일을 계속해서 해 나갔다.

할 일. 바로 학살이다.

—그르륵!

—그륵!

그렇게 학살을 해 나갔는데도, 눈앞에 있는 핏빛 몬스터들의 수는 너무도 많았다.

이쯤 상대를 하면 보통 웨이브 하나가 끝나듯, 끝이 나고는 하는데 아직도 핏빛 몬스터는 눈앞에 가득했다.

콰즉—

눈앞의 몬스터 하나를 거대한 중병기로 으깨버리며 허웅이 길드원 중 하나에게 물었다.

"얼마나 잡았어? 크흐…… 오늘은 너무 많은데."

"아직 많답니다. 젠장!"

"얼마나?"

"잡은 만큼은 더요!"

"썩을…… 하아앗!"

푸우욱— 콰즉.

—크륵……

화풀이라도 하듯, 중병기로 잘도 찌르기를 해 버리는 허웅이었다.

날도 없는 중병기로 찌르기를 했는데도 그에게 달려들려고 하던 핏빛 몬스터 하나는 그대로 으깨져 버린다.

과연 어마어마한 힘이었다.

후웅— 후우웅— 후웅—

지금까지 해 왔듯이, 앞으로도 쭉. 몬스터를 으깨고 부술 기세로 중병기를 휘둘러 간다.

그가 걷는 길에 곤죽이 된 시체의 길이 만들어진다.

그런 그를 옆에 있는 탱커들이 열을 지어 함께 따라온다.

허웅보다는 느릴지언정, 착실하게. 적어도 그의 발목을 잡지는 않을 만큼 몬스터들을 지워 간다.

당장 문제는 없어 보인다.

하지만 어쩐지 허웅으로서는 불안했다.

"오늘은……."

평상시와 뭔가 다르다는 생각이 계속해서 드는 그였다.

미친 듯 달려드는 것이 몬스터라지만, 이 정도면 끝이 날 법도 한데 끝이 나지를 않는다.

계속해서 달려들고 또 달려들 뿐이다.

* * *

"이상하긴 한데……."

이준성도 허웅과 같은 이상함을 함께 느끼고 있었다.

핏빛의 몬스터들을 조종하는 자들도 생각이 있을 게 아닌가.

삼면을 토성으로 만든 곳에서 전투를 벌인다는 것은, 핏빛 몬스터 쪽이 아니라 자라난 쪽이 유리할 수밖에 없다.

그들이 원하는 대로 지형을 만들었고, 그렇게 만든 전장에서 싸우는 데 불리한 것이 이상한 일이었다.

안 그래도 모일수록 강력한 자라난 길드가 유리한 곳에

서 싸우면 불리한 쪽은 당연히 핏빛 몬스터 쪽이다.

그런 불리한 전투에서도 계속해서 몬스터를 투입하다니?

계속해서 전투를 하면 할수록 힘이 빠지긴 하지만, 그만큼 핏빛 몬스터가 줄어들어야 할 텐데도 투입하는 것이 끝이 없었다.

시간이 지나면 지날수록 더욱 많은 수를 투입하고 있는 느낌이었다.

줄지를 않고 있다.

'……버림패처럼 쓴단 말이지.'

핏빛 몬스터의 수가 많은 것은 이미 알고 있지만, 이 정도로 소모할 만큼 무한하지는 않을 거다.

이런 식으로 버림패 쓰듯 몬스터를 보내는 것은 이해하지 못할 상황이다.

'오늘 끝을 보자는 건가.'

라는 생각이 들지만 말도 안 된다는 생각이 바로 든다.

한바탕 전투를 벌이려면, 적어도 불리한 전장에서는 싸울 필요가 없지 않은가.

자신들이 불리한 전투에서 총력전을 벌인다? 그것도 계속해서 자신들의 전력을 깎아들어 가면서?

'말이 안 돼.'

어떤 노림패가 있지 않고서야 진심으로 말이 되지 않는다. 이해를 할 수가 없는 상황이다.

분명 노림패가 있다는 건데 생각이 나지 않는다.

"……불안한데."

불안감. 오랜만에 느끼는 감정이 그를 가득 채운다.

*　*　*

불안하다고 해서 검을 내릴 수는 없다.

전투를 계속해서 진행해야 했다. 여기서 검을 휘두르는 것을 멈춘다 해서 멈춰 줄 핏빛 몬스터들도 아니었다.

기다렸다는 듯 아가리를 쫙 벌려서는 검을 휘두르던 그의 팔을 찢어발기려고 할 거다.

그렇기에 뭔가 노림패가 있음을 알면서도 끊임없이 검을 휘두를 수밖에 없다.

—그르르륵.

집중해서 베어 간다. 부순다.

그의 의지를 받드는 백이 넘는 검이 함께 휘둘러져서 적을 벤다. 재생도 못 할 만큼 빠르게 척살해 간다.

일대를 정리해 간다.

굳은 표정을 하면서도 이준성은 자신의 할 일을 다 해 갔다. 전투에 몰입을 해 나갔다. 끊임없이 집중하며 적을 처리해 나갔다.

그러다 그 집중은 적이 아닌 다른 이에 의해서 깨졌다.

"형님!"

"음?"

"저기를 보세요!"

이재훈. 그가 어려서부터 이끌고 다니던 아이. 눈치가 빨라서 약삭빠르다는 소리를 듣기도 하지만, 전장에서는 그 약삭빠름이 장점이 됐다.

빠른 눈치로 주변을 빠르게 파악하는 게 가능했다. 시야가 넓었다. 덕분에 전장을 읽을 줄을 알았다.

그런 이재훈의 외침 덕에 이준성은 자신의 궁금증을 풀 수가 있었다.

"아. 이런…… 저런 거였나."

상황을 파악할 수가 있었다.

저들의 노림패가 지금 막 발동하고 있었다.

*　　*　　*

"이번엔 너다."

"……알겠습니다."

타부의 흔들림 없는 명령에 광신도라도 되는 듯 붉은 눈을 한 자가 대답하고 있었다.

그는 외부의 헌터가 아니었다. 타부와 함께 부산에서부터 이곳에까지 온 자 중에 하나다.

그는 타부만큼이나 망설임이 없이, 자신의 품에 있던 단검을 꺼내 들었다.

타부의 것과 비슷하지만, 더욱 작은 거였다. 제식용에나 쓰일 법한 여러 가지 장식이 세공된 단검의 칼끝을 적이 아닌 자신을 향했다.

"……위하여!"

알 수 없는 말을 외치면서. 동시에.

푸우우우욱—

자신의 왼편 가슴, 맥동하는 심장에 검을 찔러 넣었다! 한순간에!

그때부터 이변이 일어나기 시작했다.

*　*　*

두근. 두근.

일어난 이변에 전장이 맥동한다.

자신의 가슴에 단검을 박아 넣은 이의 심장이 죽었음에

도 맥동한다. 맥동이 퍼져나가기 시작한다.

가까이서 죽은 사체가 맥동하기 시작한다. 이미 죽어버린 핏빛 몬스터의 사체가 맥동한다.

주변에 있는 몬스터들. 핏빛이 아닌 보통의 몬스터들이 무언가에 홀린 듯 다가오기 시작한다.

광기가 만들어진다. 광기의 광경이다. 보통 사람이라면 미칠 듯한 음울함이 전장을 가득 채운다.

방금 전까지만 하더라도 격렬했던 전장이 장송곡이라도 불러야 할 듯한 음울함으로 가득 차는 건 순식간이었다.

그런 음울함 가운데에서 웃는 자는 하나. 타부.

"키킥. 좋구나. 좋아!"

그는 당장의 음울함이 자신을 위한 세레나데라도 되는 듯 진정 기쁜 얼굴로 웃어 젖혔다.

아름다운 웃음은 아니었다. 잔뜩 인상이 찡그려지고, 뒤틀린 웃음이었다.

그 상태 그대로 그는.

쯔으으윽—

자신의 팔에, 자신의 검을 가져다 대서 크게 그었다. 순식간에 피가 퍼져나갔다.

뚜욱— 뚝—

땅에 떨어지던 피가 심장이 고동치듯 맥동하는 심장과

같은 리듬을 타기 시작한다.

전장은 피가 흐르게 하는 심장이고, 타부로부터 나온 피는 그 심장과 같이 뛰는 피라도 되는 듯 땅을 벗어나 널리 퍼져나간다.

퍼지기 시작한다.

처음에는 작게. 이내 크게.

피로서 다른 피들을 흡수한다.

타부의 피가 지나가는 곳에 있었던 핏빛 몬스터들. 그들의 가죽을 핏빛으로 물들게 했던 붉은 색의 피가 타부의 피와 합류한다.

아니 흡수된다.

동시에 같이 흐르기 시작한다.

두근— 두근—

전장은 계속해서 뛰고, 그에 따라 혈류를 잇기라도 하는 듯 피가 맥동하고 또 맥동한다.

광기가 더해진다. 음울함이 더해진다. 미쳐 돌아간다.

—키아아악!

—끄륵.

모습을 드러내기 시작한 몬스터들이 그 광기를 표출한다.

본능적으로 살아 움직이는 몬스터들은 광기를 표출하는

데 한 점의 망설임도 없었다.

"막아!"

"미친……."

그들을 상대하는 자라난 길드. 그들도 가만 있는 것만은 아니었다. 미쳐 날뛰기 시작하는 몬스터들을 상대로 더 본격적으로 힘을 쓰기 시작했다.

스으으으으—

이능력의 폭풍이 휘몰아치기 시작하고.

쿠우우웅—!

폭음이 휘몰아치는 폭풍의 장식물이 된다.

더욱 큰 이능력으로, 더욱 조화된 이능력으로 미쳐 돌아가기 시작하는 몬스터들을 상대한다.

핏빛이고 일반이고 상관없이 몬스터라면 짓이기고 본다.

"죽여! 씹어 삼키라고!"

몬스터 웨이브. 레이드. 파티 사냥. 공격대. 그 모든 경험들을 다 헤쳐 나온 자라난이다.

그 모두가 미친 훈련을 버텨낸 자들이다.

여기서 무너질 생각은 없었다.

그렇기에 광기의 전장 속에서 끊임없이 힘을 사용한다. 이능력을 놀린다. 적에게 무기를 휘두른다. 으깬다. 부순다. 철벽이 된 듯 막아낸다.

버텨낸다. 적을 모두 죽일 기세로.

더! 더! 더!

그런 그들의 싸움을.

"흐흐흐흐."

자신만의 무대 위에서 즐기기라도 하는 듯 타부가 웃어젖힌다.

"이걸로는 안 된다 이거지?"

몬스터에게 불어 넣은 광기. 죽음에도 끊임없이 달려 나가는 핏빛 몬스터.

그것들을 전부 버텨내는 자라난.

그 모습이 마음에 든 걸까? 아니면 마음에 들지 않아 그러는 걸까.

"너! 네가 죽어라!"

"……."

푸우우우욱―

또 다른 희생자를 지목한다.

그 희생자로부터 뻗어 나온 피가. 타부로부터 뻗어 나온 피와 합류한다.

두근― 두근― 두근―

맥동이 더욱 커지고 있었다. 누군가의 심장 소리처럼. 매우 거대한 무언가의 심장처럼 맥동이 더욱 커진다. 빨라진다.

피의 흐름이 더욱 거세어진다. 무언가 깨어나려 하고 있었다.

"……난리 났군."

그 모습을 자라난의 모두가 바라본다.

이서영. 한서은. 마동수. 이준성. 허웅. 신상철까지. 간부라 할 수 있는 자들은 모두 무언가 벌어졌다는 것을 직감했다.

또한 막아야 함을 직감했다.

이 상태 그대로 달려드는 몬스터를 상대해서는 패배로 직결됨을 알았다.

특히 저 피가 문제였다.

'총 열인가……. 많기도 많군.'

다섯 곳을 포인트로 뭉쳐서 뛰기 시작하는 맥동하는 피들.

어느덧 소용돌이치듯 휘돌기 시작하는 피에 무언가 있었다. 저기서 무언가 벌어질 거라는 건 어린아이라고 하더라도 예상할 만한 일이었다.

선택을 해야 했다.

그리고 여기서 선택을 해야 하는 건 다름 아닌 간부들이었다.

이번만큼은 김기환에게도 기댈 수 없었다. 그는 방벽을 홀로 막고 있는 상황이니까.

이들의 힘만으로 해내야 했다. 결정을 내려야 했다! 어서!

*　　*　　*

"키. 키키키킥!"

시간은 짧으나, 광기는 더욱 커져간다.

더 쓸데없이 시간을 끌어서는 안 됐다.

자라난도 이럴 때를 대비해서 미리 생각해 놓은 바는 있었다.

강대한 적. 생각지도 못한 적을 막기 위한 계책 따위. 생각하지 않았을 리가 없지 않은가?

공격 한 번, 레이드 한 번에 치밀하게 전략을 짜고, 미친 듯이 훈련을 하는 자라난이기에 답은 바로 나왔다.

'지금 쓰리라고는 생각 못 하긴 했지만…….'

놀란 마음과 상관없이 움직이기 시작한다.

"신지은!"

"옆에 있다구요!"

신지은. 자라난의 공격대 시절부터 함께하던 이. 탱커.

허웅만큼이나 그녀의 역할은 컸다.

말도 많고 탈도 많았으나, 여러모로 함께하며 같이 커간 이가 그녀다.

허웅으로서는 아끼는 탱커기도 했다.

'할 수 있으려나.'

간부로서 짐을 떠맡기기는 싫다. 하지만 지금은 맡겨야 했다.

다른 이에게 짐을 떠맡겨 힘들게 하기보다는 자신의 힘으로 해내기를 원하는 그였으나, 하지만 지금은 그럴 수가 없었다.

그녀에게 허웅이 짐을 떠맡긴다.

"……막아 줄 수 있지? 이거 어려울 거라고?"

"얼마든지요! 걱정 말라구요! 애도 아니구."

그녀가 앞을 막아줘야 한다. 허웅이 빠진 자리를 메꿔야 했다.

허웅이 떠나고 남은 자리. 힘들 거다. 전력이 빠졌는데 힘이 들 수밖에 없다.

그런데도 그녀는 보란 듯이 허웅처럼 가슴을 탕탕 친다.

더 고민을 하지 말라는 듯, 짐을 떠맡겨도 감당할 수 있다는 듯 당당하게!

그녀의 당당함에 반했고, 그 당당함에 안심을 할 수 있었다.

“푸훗. 그래, 그래. 그럼 다녀온다고!”

“……얼마든지요!”

허웅이 가장 먼저 전장의 전열에서 이탈한다.

뒤가 아닌 앞으로!

퍼어억— 퍼억— 퍽

길을 뚫듯 미친 듯이 중병을 휘두르면서 전진하고 또 전진한다.

“……멋지네?”

“헛소리지.”

그 옆으로 가장 먼저 자리하는 이는 이준성.

딜러이면서도 끊임없이 검을 휘두르던 그가 어느덧 허웅의 오른편을 지킨다.

불평하는 듯하지만, 누구보다 전장을 즐기는 듯했다.

“……후. 하여간 여기는 별의별 일이 다 있다니까요?”

한서은이 갑작스레 모습을 드러낸다. 너무도 빠른 속도에 마치 순간이동이라도 해서 모습을 드러낸 듯했다.

“제가 마지막이네요.”

마지막 이서영.

그녀가 모습을 드러냈다. 허웅과 다른 방향에서 전장을 이끌던 그녀기에 합류가 늦었다.

그래도 모두 모이는 데는 성공했다. 파티가 만들어졌다.

이들은 길드를 이끌어가는 간부이자 정예. 모두가 일반적인 헌터들을 상회하는 힘을 가진 헌터들이다.

전장에서 일이 발생할 경우, 따로 별동대를 구성해서 적의 무기를 분쇄하는 것이 이들의 임무다.

김기환이야 괴물이기에 혼자 처리를 하지만 이들은 힘을 모으는 게 좋았다. 그게 빠르고 효율적이기 때문이다.

그렇기에 상의도 빨랐다.

"총 열 개. 오른쪽에서부터 뚫는 게 좋을 겁니다."

"나눠지지 말고 한 번에 집중하자는 거죠?"

"그렇죠. 그래야 일이 생겼을 때, 그나마 빠르게 반응할 수 있을 테니까요."

"좋아요!"

오른쪽에서부터 왼쪽으로. 총 열 개의 핏빛 소용돌이를 파괴한다.

단순한 작전. 바로 행동에 옮길 수 있었다.

* * *

문제는 적들.

일반 몬스터까지 가세하여 덤벼드는 것은 어마어마하다

고밖에 할 수 없는 상황이다.

주변에 존재하는 모든 몬스터가 종류 가리지 않고 달려드는 느낌이다.

일종의 미니 몬스터 웨이브와 같은 상황.

가장 오른편에 있는 핏빛 소용돌이까지 가는 것도 일이다.

"그나저나 많은데?"

"그래도 뚫어야죠!"

"어지간히 힘들긴 하겠군."

적을 베어 가면서, 조금씩 전진하던 그때. 무언가 돌파구가 있었으면 하는 그때.

"숙여요! 잘못하면 베이니까!"

뒤편에서 목소리가 들려온다.

"어어?"

"이박?"

이박. 자라난에서의 별명은 하렘왕.

실력은 가장 많이 상승한 주제에 쑥스러운 성격은 여전한 그. 대신 그 누구보다 미친 듯한 수련을 했기에 특수한 각성도 없이 강자의 대열에 서게 된 그.

또한 부끄럼을 많이 타는 성격임에도 타고난 외모 덕에 여자를 끄는 하렘왕이라고까지 불리는 그의 가장 큰 기술이 작렬한다.

"미친!"

"……저, 저!"

그가 날린 어마어마한 물의 쐐기가 칼날이라도 된 듯 날카로움을 유지한 채로 수백 수천 개가 되어서 날아든다.

어마어마한 기술!

다만 컨트롤이 힘든지, 높이 띄우지는 못했다. 그저 수천 개의 쐐기와 같은 물을 날릴 뿐이었다.

"이크크……."

스아아악—

그래도 파티는 금방 자신들만의 방법으로 날아드는 이박의 공격에 반응한다.

이서영은 한서은과 함께 방어막을 치고, 이준성은 검막을 만들어내고, 허웅은 무식하게 몸으로 버텨낸다.

샤아아아—

그런 그들의 위로 아슬아슬하게 지나가는 물의 쐐기.

그 쐐기를 핏빛의 몬스터들은 막을 방법이 없었다.

—크아아아악.

—그륵!

때론 강력한 물줄기가 금속을 뚫어버리듯, 작렬한 물줄기들은 몬스터들을 그대로 꿰뚫었다.

단단한 가죽. 날카로운 발톱. 돌기처럼 자란 이빨에 상관없이 모든 걸 꿰뚫었다.

쿠우우웅!

마지막으로 일어나는 건 비산하는 물줄기와 폭발!

꿰뚫고, 폭발하는 물줄기가 눈앞에 가득 찬다.

"……저것도 괴물 아냐?"

"괴물도 옮나?"

그에 모습을 드러내는 장면은. 순간적으로 몬스터가 사라지고 만들어진 길!

"후욱……."

힘이 다 빠진 듯 그 어마어마한 광경을 만들어낸 이박이 주저앉는다. 더는 같은 광경을 만들어내지 못할 거다.

하지만 그걸로도 충분했다.

"가요!"

그가 만들어준 길을 뚫고 파티가 달리기 시작한다.

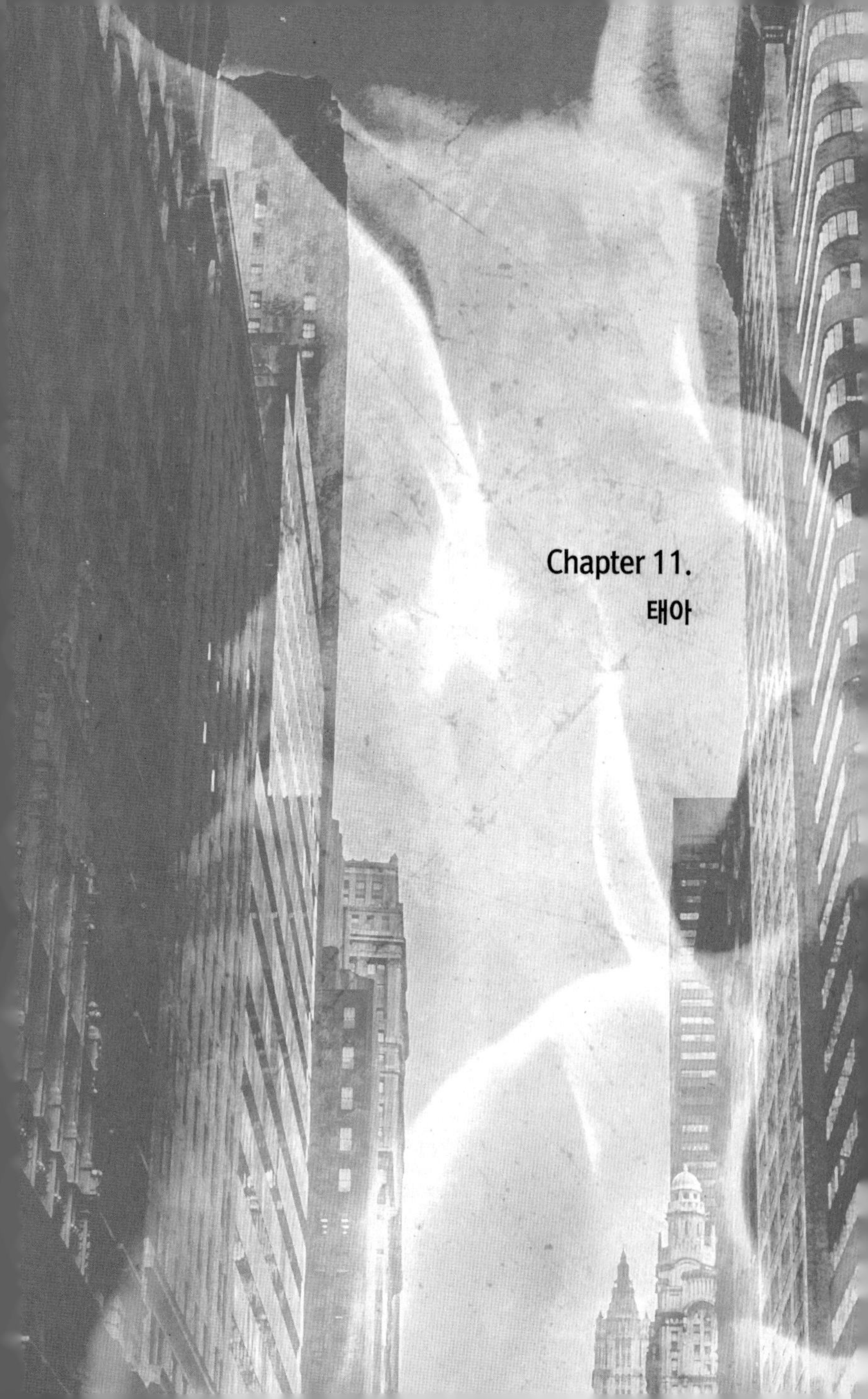

Chapter 11.
태아

가장 오른쪽. 뚫어준 길을 따라서 파티는 금방 도착한다.

'덕분이다.'

이박이 뚫어 주지 않았더라면 이렇게 빠르게 도착하지는 못했을 거다.

그들이 지나간 자리를 기다렸다는 듯 채우는 몬스터들을 보라. 뚫어 주지 않았더라면 저 아찔하리만치 많은 몬스터들을 상대해야 했을 거다.

통과는 했으니 문제는 바로 앞.

"큰데?"

"하……."

가까워지니 확실히 느껴지는 어마어마한 힘의 유동.

살아 움직이는 무엇. 아니 이제 막 심장이 뛰기 시작한 태아라도 되는 듯 무서우리만치 크게 느껴지는 생명력은 어마어마할 정도다.

저런 생명력을 가지고 '뭔가' 가 태어난다고 한다면 그건 끔찍한 괴물임이 분명할 터.

"이건 제가 처리하는 게 좋겠어요."

"오케이."

이서영이 나서서 힘을 모으기 시작한다.

한 번에 제대로 처리하기 위해서는 아무리 그녀라고 하더라도 힘을 뽑아내는 데 시간이 걸릴 수밖에 없다.

단 몇 초, 길어야 일 분 정도의 시간이 걸리겠지만.

—크에에에엑!

—그륵!

몬스터들은 그 짧은 순간조차도 파티를 노리고 덤벼들기 시작한다.

손톱을 길게 뽑아내서 휘두르고, 대형 몬스터의 갈빗대로 보이는 것을 투창처럼 던져대는 놈도 있다.

"어디 버텨 보자고."

"나는 전열이다."

"그럼 나는 후위를 맡지."

그것들을 이준성과 허웅이 나서서 막기 시작한다. 둘이 마주 섰을 뿐이지만, 둘만으로도 철벽이 만들어지는 듯했다.

"새끼들아아아!"

퍼어어억. 퍽.

이미 오래전부터 피가 진득하게 묻은 중병기를 허웅이 끊임없이 휘두른다.

피가 묻은 만큼 무거워지는 무기지만 지쳐 가는 팔에 힘을 불어 넣어 휘두르고 또 휘둘러 막아 간다.

가장 가까이에 있는 몬스터는 그렇게 허웅이 처리해 갔다.

그러고도 뒤를 노리면서 다가오는 몬스터들은.

"……피래미 새끼들."

차아아아악—

이준성의 검이 다가가서 벤다. 검의 폭풍이라도 되는 듯 휘둘러지는 검들은 차곡차곡 후위에서 다가오는 것들을 살육했다.

—키에엑!

그럼에도 몬스터들은 신출귀몰하긴 했다.

육체적 능력은 떨어질지라도, 특수 능력이 있는 것들은 잘도 사내 둘이 만들어 낸 철벽을 뚫고 들어왔다.

순간적으로 그림자에 숨어 튀어나온다거나, 폭발적인 점프로 공중에서 아래로 퍽하고 떨어져 내리는 경우도 있었다.

육체가 아닌 특수 능력을 사용한 것이기에 가능한 이야기.

그런 몬스터는.

"……하여간 피곤하다니까."

한서은의 검에 의해서 차분하게 정리가 되어 나갔다.

나서는 법이 없는 그녀지만, 이서영이 힘을 모으는 동안 처리를 하는 데는 충분했다.

몬스터가 보이자마자 처리해내는 그녀 특유의 여유로운 모습을 보고 있노라면, 이 전장에 산책이라도 나온 건 아닌가 싶을 정도였다.

세 명이 순식간에 벽을 만들어내고 오직 이서영만을 보호한다.

스아아아아아아—

'조금만 더…….'

그런 가운데에서 이서영은 끊임없이 힘을 모아갔다.

저 핏빛의 기둥을 단 한 방에 무너트릴 수 있는 힘! 분쇄하고도 남을 그런 힘을 원했다!

한 번에 낼 수 있는 출력이 낮을 뿐. 그녀도 각성자다.

오랜 기간 수련하고 힘을 모아 왔다. 결코 힘이 모자랄 리는 없었다.

"얼마나 걸려!"

"……지금요!"

후아아아아아앙—

그녀로부터 순식간에 어마어마한 힘의 폭풍이 만들어진다. 회색의 빛. 거대한 철벽이 만들어진다.

자세히 보면 그것은 소용돌이였다.

철 조각들이 끊임없이 움직이기에 벽으로 보일 뿐이었다. 핏빛 소용돌이처럼 철 그 자체인 그녀의 이능력은 끊임없이 소용돌이치고 있었다.

파즈즈즈즈즉—

힘과 힘이 부딪친다. 핏빛과 회색이 부딪친다.

"우와아악!"

"미친……."

폭풍과 폭풍이 부딪치며 거대한 파동을 만들어낸다. 만들어진 파동이 주변의 것들을 다 부술 듯 쏟아져 내린다.

"난리 났군. 여기부터 막아!"

더는 몬스터를 신경 쓸 필요도 없을 정도였다.

힘과 힘이 부딪치며 나온 파장. 그들이 부딪치고 남은 여파로 튀어나오는 힘만으로도 주변에 다가오는 몬스터들이 녹아내린다.

이서영을 지키기 위해서 철벽을 만들었던 파티로서는, 지금에 와선 저 힘의 파동을 버텨 내기 위해서 힘을 써야 할 판이었다.

쿠우우우우웅—!

계속해서 작렬! 또 작렬!

무한의 힘이라도 되는 듯 두 소용돌이가 끊임없이 부딪쳐 간다.

사납게 겨루면서 서로 힘이라도 증폭되는 듯 시공간이 깨어지는 느낌이 들 정도였다. 힘의 끊임없는 부딪침에 시공의 폭풍이 만들어지는가 하는 그 순간!

까드드드드드득—

철의 소용돌이가 핏빛의 소용돌이를 분쇄하기 시작했다. 녹여내기 시작했다.

지금까지의 대등해 보이는 부딪침은 모두 거짓이라도 되는 양! 순식간에 핏빛 소용돌이를 잡아먹기 시작했다.

회색이 핏빛을 자신의 안에 가뒀다.

꾸울꺽—

그리곤 순간 흡수해내 자신의 부피를 키웠다.

"뭐야?!"

"……먹은 거야?"

다들 갑작스레 일어난 일에 놀란 표정을 지었다.

부숴내면 부숴냈지 잡아먹을 줄이야?

이서영이 김기환처럼 무언가 잡아먹는 힘이라도 있단 말인가? 운이철이라도 있었다면 분석을 해줬겠지만, 여기 있는 자들로선 무리다.

대신 자신이 해야 할 일은 잘 알았다. 바로 이서영의 외침이 들려왔다.

"흣…… 유도해야 해요! 어서 다시 왼쪽으로!"

유도를 해야 한다고 말한 그녀의 눈은 핏빛을 삼킨 철의 소용돌이를 가리키고 있었다. 상황은 명백했다.

"……뭐가 뭔지는 모르겠다만."

"일단 달리면 된다는 거구만!"

끄덕.

그녀가 고개를 끄덕임과 동시에 일행은 출발하기 시작했다.

콰드드드득—

안은 핏빛을, 바깥은 회색을 띠고 있는 소용돌이도 출발하기 시작한다. 그녀의 유도를 따라 움직인다.

일행은 그걸 따라가기만 하면 됐다.

"큿……."

"흐."

다만 문제는 그 따라감만으로도 벅차다는 것!

태풍이 움직이는 것만으로도 주변에 피해를 일으키듯, 힘 그 자체가 유형화된 소용돌이도 마찬가지였다.

움직이는 것 그 하나만으로도 주변에 어마어마한 파장을 불러왔다.

주변을 분쇄하고, 분쇄된 것들은 주변에 퍼지며 피해를 일으킨다. 마치 폭풍처럼!

그걸 버텨내면서 파티는 움직여야 했다.

—키에에에엑!

—키엑!

본능에 따라 움직이는 몬스터들조차도 주춤거리는 그 폭풍을 따라 움직여야 했다!

* * *

콰아아앙! 콰아아앙! 콰앙!

하나씩. 꾸준하게. 처음이 어려웠을 뿐. 다음의 핏빛 소용돌이를 부숴내는 것은 갈수록 속도가 더욱 빨라졌다.

안으로 하나를 흡수할 때마다 그 힘이 더욱 커진 소용돌이는 다음의 것을 흡수할 때마다 더욱 빠르게 흡수해 냈다.

세 개쯤 흡수를 해냈을 때에는 마치 당연한 현상이라도

되는 듯, 핏빛의 소용돌이를 금방 흡수해 냈다.

그럴수록 덩치가 커졌다. 파장이 커졌다.

자연스레 그걸 컨트롤해야 하는 이서영으로서는.

"……흣."

자신의 힘이지만, 힘이 들 수밖에 없었다. 갈수록 온몸이 땀으로 젖어 들어갔다. 인상이 찡그려졌다. 힘을 유도하기 위해 몸을 벌벌 떨었다.

"괜찮아?"

"……가요!"

힘듦에도 그녀는 그녀가 해야 할 일로부터 물러나지 않았다. 달렸다.

다음의 소용돌이를 부수기 위해서 움직여 나갔다. 일행이 할 수 있는 건 그런 그녀를 따르는 것뿐.

"버텨 보자고!"

또한 힘의 파동을 일으키며, 주변을 분쇄해 가는 소용돌이를 버텨내며 전진을 하는 수밖에는 달리 수가 없었다.

* * *

퍼어어엉—

계속되는 소용돌이의 합체 혹은 흡수. 계속되는 전진.

폭풍이 다섯 개쯤 남자, 타부의 얼굴에서 여유로움이 사라졌다. 여섯 개쯤 사라졌을 때부터는 다급함이 서리기 시작했다.

의식인지 뭔지 모를 것을 진행하면서 다급하게 명령을 내렸다.

"막아라! 막아! 네가 가 봐라!"

"예엡!"

얼마 남지 않은 헌터들. 자신이 데려온 헌터들 중 몇을 가리켜 나서라고 말한다.

어마어마한 힘의 유동.

힘을 일으킨 이서영조차도 버텨내기 힘들 폭풍 속으로 들어가서 저들을 막으라고 말한다.

어려운 일이지만, 그들은 타부의 명령을 위해서라면 목숨까지도 쉽게 버리는 자들.

화아아아아악—

단 한 번의 망설임도 없이 힘을 일으킨다. 일으킨 이능력을 이용해서 순식간에 몬스터들을 부리기 시작한다.

—크어어어어!

과연 몬스터의 조종만이 그들이 가진 이능력의 전부는 아니었던 것인가.

그들의 힘을 부여받은 몬스터. 이능력이 부여된 몬스터

들이 순간적으로 버프라도 받은 듯 덩치를 키운다. 힘이 커진다. 속도가 더욱 빨라진다.

다른 개체로 진화를 한 듯, 강력함이 달라졌다.

쿠우웅— 쿠웅— 쿵—

지축을 울리면서 이서영과 파티를 향해서 달려 나가기 시작한다.

*　　*　　*

"난리 났군."

"그래도 해 봐야지!"

앞에는 소용돌이. 뒤에는 그들을 노리는 몬스터들의 공격을 막아내야 했다.

소용돌이는 계속해서 커져 가고, 몬스터들은 실시간으로 강해지니 이들로서는 난이도가 계속해서 오르는 미칠 상황이다.

"……더 써야겠군."

그때 이준성이 나섰다.

최악의 상황을 가정하고 아껴 놓았던 힘을 풀기 시작했다.

'여기서 쓸 게 아니었는데…….'

새로이 등장할 몬스터. 핏빛 소용돌이가 사라지고 그 다음에 나올 현상. 그때 가서나 쓸 힘을 지금 쓰는 건 마음에 들지 않았다. 하지만 방법이 없었다.

여기서 힘을 아끼고 있다가는, 뒤에서 달려드는 강화된 몬스터들에 의해 일행이 당할 판이었다.

저들이 본격적으로 나오니 이쪽도 본격적으로 나올 수밖에 없었다.

스아아아악—

그로부터 뻗어 나온 검들이 춤을 추려는 그 순간.

“가볼…… 응?”

“뭐야 이게?”

이변이 일어나기 시작했다.

이서영에게 잡아먹히고 남은 몇 안 되는 소용돌이들. 이제 막 두 개가 남았던 소용돌이에서 거대함 용트림이 감지되기 시작했다.

고오오오오오—

거대한 알 속에서 새로운 생명이 태어나기라도 한 듯, 맥동하던 생명력이 폭발했다!

* * *

퍼억—

맥동하던 핏줄기가 주변에 흩뿌려진다. 그동안 가졌던 어마어마한 힘이 환상이라도 되는 듯 핏줄기의 힘이 전부 사라졌다. 아니 옮겨졌다.

안에서 모습을 드러내는 존재. 핏줄기를 그대로 이어받은 존재가 모습을 드러냈다.

—그륵……

음울한 울림이 전장에 울려 퍼진다. 두 곳에서 울려 퍼진 울림은 모두의 시선이 집중되기에 부족함이 없었다.

온몸이 피로 이뤄져, 죽여도 죽지 않는 존재.

핵조차도 옮겨가며, 자신의 질긴 목숨을 이어가는 존재. 강력함보다는 끈질김으로 레이드급에 이름을 올린 존재가 모습을 드러냈다.

"플래시 골렘……."

"저게 저런 식으로 태어나는 거였나?"

"모르지. 워낙에 별일이 다 일어나니까."

"……그나저나 난리 났군."

당장 모습을 드러낸 플래시 골렘은 분명 문제였다.

핏빛 소용돌이는 단지 어마어마한 분출하고 있었을 뿐이지만, 그 안에서 태어난 플래시 골렘은 그 힘을 쓸 수 있는 존재였다.

그때 타부의 목소리가 전장에 울려 퍼졌다.

플래시 골렘의 그것과 비슷한 음울한 울림을 주문처럼 외우던 그가 두 손을 번쩍 든다.

그의 양손에 마치 자석의 양극이 이끌리듯 두 명의 헌터가 따라 들어온다. 둘 모두 그가 데려온 헌터들이었다.

"……."

"……켁!"

까득— 까드드드득—

두 명의 목을 그대로 쥐어짜 버린다. 괴수의 손에라도 잡힌 듯 순식간에 두 목이 빨래 짜지듯 짜져버린다. 뼈째로 갈린다.

시체가 되어 버린 둘을 잡았던 손을 놓자, 두 시체가 바닥으로 떨어진다. 떨어지며 내뿜어지는 핏줄기는!

"가라!"

두 마리의 플래시 골렘을 향해서 그대로 솟구친다. 순식간에 흡수가 되어 버린다. 그걸 기다렸다는 듯 타부가 손짓을 하는 그 순간!

—그어어어어!

두 마리의 골렘이 더욱 커지며, 흉포해진다. 다른 몬스터처럼 버프라도 받은 듯 기세가 사나워진다.

쿠웅. 쿠웅. 쿵!

그 두 마리가 그대로 자라난 길드와 몬스터가 부딪치는 곳을 향한다. 다른 몬스터의 목숨은 상관도 없다는 듯 그대로 밟고 지나간다.

쯔으으윽.

플래시 골렘의 육중한 몸 아래에 있었던 몬스터는 껍딱지라도 되는 듯 바닥에 그대로 밟혀 으깨진다.

으깨지고 나온 핏줄기는 그대로 플래시 골렘에게로 흡수가 된다.

비록 작은 힘일지라도 핏줄기가 플래시 골렘에게 힘이 되는 것만은 확실했다.

이곳 전장. 몬스터들이 넘치는 이곳이 곧 플래시 골렘에게는 힘을 기를 양식장이며, 그 무엇보다 유리할 전장이었다.

하지만.

"……가자고."

"한 명에 하나씩이다."

파티로서는 안 갈 수가 없었다.

자라난 길드와 몬스터가 부딪치고 있는 곳. 그곳에까지 플래시 골렘이 가게 되면 파티가 빠져나오고 이어져 가던 전장의 균형이 순식간에 깨질 수밖에 없었다.

그건 안 됐다. 막아야 했다.

스아아아아악—

이준성과 허웅. 그 둘이 가장 먼저 이능력을 불러일으키며, 그대로 달려간다.

육중한 몸을 이끌고, 주변을 분쇄하며 움직이는 플래시 골렘을 향해서.

*　　*　　*

먼저 달려간 둘은 재빠르게 플래시 골렘을 따라잡고 있었다.

지쳤다지만, 그 정도의 몸 재간 정도는 기본이었다.

이준성이 오랜 탱킹으로 다소 지쳐 보이는 허웅에게 묻는다.

"되겠어? 버티기 힘들어 보이는데?"

"……해 봐야지."

남은 의지라도 쥐어짜려는 듯, 굳센 눈을 하고 있는 허웅은 그 누구보다 굳건해 보였다.

하지만 가까이 있는 이준성이 보기에는.

'좀…… 무리하는데.'

무리하고 있는 허웅이 안쓰러워 보일 뿐이었다.

간부라는 이름으로서. 자라난 길드에 대한 애정으로서.

그가 겨우 버티고 있는 게 눈에 훤히 보였다.

친구인 김기환. 그만큼 해 보겠다는 굳은 의지로, 허웅은 자신의 능력 이상으로 버티고 있었다.

지금까지는 잘해 내고 있지만, 자칫 조금만 삐끗하게 되면 최악의 결과가 나올 수도 있었다.

큰 부상. 어쩌면 죽음.

한순간에 무슨 일이 벌어질지 모르는 것이 전장이니만치, 확률은 충분했다.

그럼에도 이준성은 허웅에게 멈추라 말할 수 없었다.

모든 것을 걸고 움직이는 그에게 멈추라 말하는 건 그에 대한 예의가 아녔다.

또한 멈추라 해서 멈출 그가 아니라는 걸 누구보다 잘 알고 있었다.

이런 상황에서 그가 할 일은 하나.

'……끝까지 해 본다.'

굳세게 의지를 곧추세우고 있는 허웅만큼이나 자신도 의지를 세우는 것.

모든 것을 걸고 움직이는 허웅의 손발을 맞춰 주는 것. 그 이상 그가 할 수 있는 것은 없었다.

그가 슬쩍 이서영과 한서은이 있는 곳을 본다.

'잘해야 할 텐데……'

핏빛의 소용돌이를 흡수한 회색의 소용돌이.

그 한가운데에 서서 이서영은 끊임없이 무언가를 시도하고 있었다.

한서은이 그녀를 지켜주는 가운데, 이서영은 끊임없이 무언가를 시도하고 있었다. 느껴지는 힘의 유동이 빠르고 격렬했다.

생각지도 못한 어떤 것을 해내려고 하는 게 분명했다.

과연 그 시도가 제대로 먹힐지는 이곳 전장에서 아무도 모르는 일이었다. 당장 이서영이 뭘 하는지도 알 수 없었다.

그저 믿을 수밖에 없었다. 그녀가 뭔가 해낼 생각에 움직이고 있다는 것 외에 달리 다른 생각은 들지 않았다.

또한 그녀가 해내기 직전까지 어떻게든!

'버텨 볼까나.'

그녀들의 빈자리를 메꿔야만 했다.

"뭐해!? 집중하자고! 가자!"

김기환에게 바보스러운 것만 읊어서 목숨은 도외시한 채로 움직이는 허웅을 맞춰줘야 했다.

꽈아악—

자신의 손에 쥐었던 검을 세게 쥔다. 피로해서 주저앉고 싶어 하는 몸에 움직이라 말한다. 의지를 세운다.

"그래. 가자고!"

어느덧 함께 달리게 된. 함께하게 될 거라고는 생각지도 못했던 이들과 함께함을 인정하며, 이준성 또한 달리기 시작했다.

* * *

—그어어!

손짓 한 번. 그 손짓에 풍압이 인다. 압력이 거세진다.

카드드드득.

그곳을 향해서 검을 날렸다. 수십의 검이 플래시 골렘의 손을 막아선다.

'강한데.'

크고 묵직하다. 그냥 가진 덩치가 아니라는 걸 증명하듯 플래시 골렘의 한 방에는 묵직함이 담겨 있었다.

또한 영리했다.

스륵—

피로서 이뤄진 자신의 몸이 고체가 아닌 액체라는 걸 증명하듯, 수십 자루가 막고 있는 칼의 벽을 타고 움직였다.

이준성의 검과 힘과 힘의 대결을 벌이기를 바로 포기하고는 액체가 스며들듯 손의 형체를 바꿔 검의 벽을 뚫어버린다.

"……무슨 터미네이터도 아니고."

강한 주제에 영리하기까지 하다니. 상대하기 까다로운 놈이다. 이런 식으로 영리한 건 아무래도.

"흐흐."

저 뒤에서 괴이한 웃음을 짓고 있는 타부가 조종하기 때문일 거다.

그가 손짓을 하고, 이상한 주문을 외울 때마다 플래시 골렘의 움직임이 더욱 정교해져 갔다.

플래시 골렘의 몸이 액체처럼 바뀐 것도, 타부가 특이한 손짓을 하고 난 뒤였다. 분명하다.

'어디까지 가나 볼까.'

그럼에도 패배할 거라 생각되지는 않았다.

놈이 검의 바다를 뚫고 액체가 되어 움직인다면, 자신은 그 액체조차도 태워버리는 검이 되면 되었다.

"……."

타부가 손짓하여 조종을 하듯, 이준성은 의지를 담아 검을 조종했다.

스아아악—

검이 두 배로 늘어난다. 검에서 검이 태어난다. 순식간에 늘어난 검들이 플래시 골렘의 몸을 휘젓기 시작한다.

고체화된 몸에서는 불가능했던 것을 바로 시도한다.

액체화된 몸. 조금은 틈이 만들어진 몸을 타고 들어가서, 자신들의 놀이터인 양 놀기 시작한다.

검들이 몸 안에서 유동적으로 움직여 나가는 핵을 뒤지기 시작한다.

—그……륵.

플래시 골렘의 몸이 조금은 느려졌다.

자신의 몸 안을 휘젓고 있는 검들이 있으니, 아무리 플래시 골렘이라 하더라도 감히 움직이지 못하는 것이다.

"……."

타부도 계책을 생각해내려는 듯 고심을 하지만, 지금 당장에는 방법이 없어 보였다.

두 마리 중 한 마리를 이준성이 생각보다 쉬이 잡아챘다.

수 싸움에서 타부가 아닌 이준성이 승리했다.

문제는 다른 한 마리.

한 마리는 이준성이 발목을 잡는다고 하더라도 남은 한 마리가 한계였다.

당장 플래시 골렘의 핵을 찾아내서 부숴내지 않는 이상은 아무리 이준성이라 하더라도 묶여 있을 수밖에 없었다.

거기다 겉은 플래시 골렘과 같다지만.

'……핵이 없을 수도 있지!'

허웅의 생각대로 핵이 없을 수도 있었다.

사실 플래시 골렘이 저런 식으로 태어날 수 있다는 것도 처음 봤다. 겉모양만 같을 뿐 놈은 플래시 골렘이 아니라 다른 어떤 존재일 수 있었다.

그러니 핵이 없을 수도 있었다.

이준성이 용케 플래시 골렘 한 마리를 잡고 있지만, 나머지 하나는 자신이 잡아야 했다.

"쓰벌!"

쿠우우웅—

그가 의지를 세우며, 플래시 골렘을 막아가지만 골렘은 허웅을 장난감이라도 되는 양 손을 휘둘러 가면서 파리 잡아채듯 잡아채려 할 뿐이었다.

손짓만으로 허웅을 견제하면서, 동시에 발은 자라난과 몬스터가 맞부딪치고 있는 전장을 향하고 있었다.

허웅은 전형적인 탱커.

육체를 갈고 닦아 육체 자체를 무기로 사용한다고 하지만, 그건 어디까지나 일반 몬스터를 상대로였다.

이준성, 한서은처럼 특별한 힘이 있지 않고서야, 저런 5미터는 됨 직한 거대한 플래시 골렘을 홀로 묶는 건 쉬운 일이 아니었다.

그렇다고 다른 이들의 도움을 바랄 수는 없었다.

다들 여기까지 달려온 것만으로도 한계!

여기서 누군가의 도움을 바라기에는, 모두가 힘이 빠진 상황이다.

그것을 알고 있기에 어떻게 해서든 잡아채려고 했으나, 방법이 없었다.

타부의 명령을 받은 듯 플래시 골렘은 허웅을 무시하고 전진할 뿐이다. 이대로는 안 됐다.

"……씁."

쿠우웅—

플래시 골렘의 몸에 가서 부딪치고, 또 부딪쳐 보지만 어찌 잡아채지를 못한다.

'어떻게!'

이대로는 정말 안 됐다. 어떻게든 해야 했다.

퍼어억— 퍼억— 퍽—

손짓을 피해가며, 플래시 골렘의 왼 다리에 미친 듯이 중병기를 박아대지만 멈추지 않는다. 발목을 잡을 수가 없다.

"젠장하아아알!"

그런데 그 순간.

화아아아아악—

어마어마한 빛이 일기 시작했다.

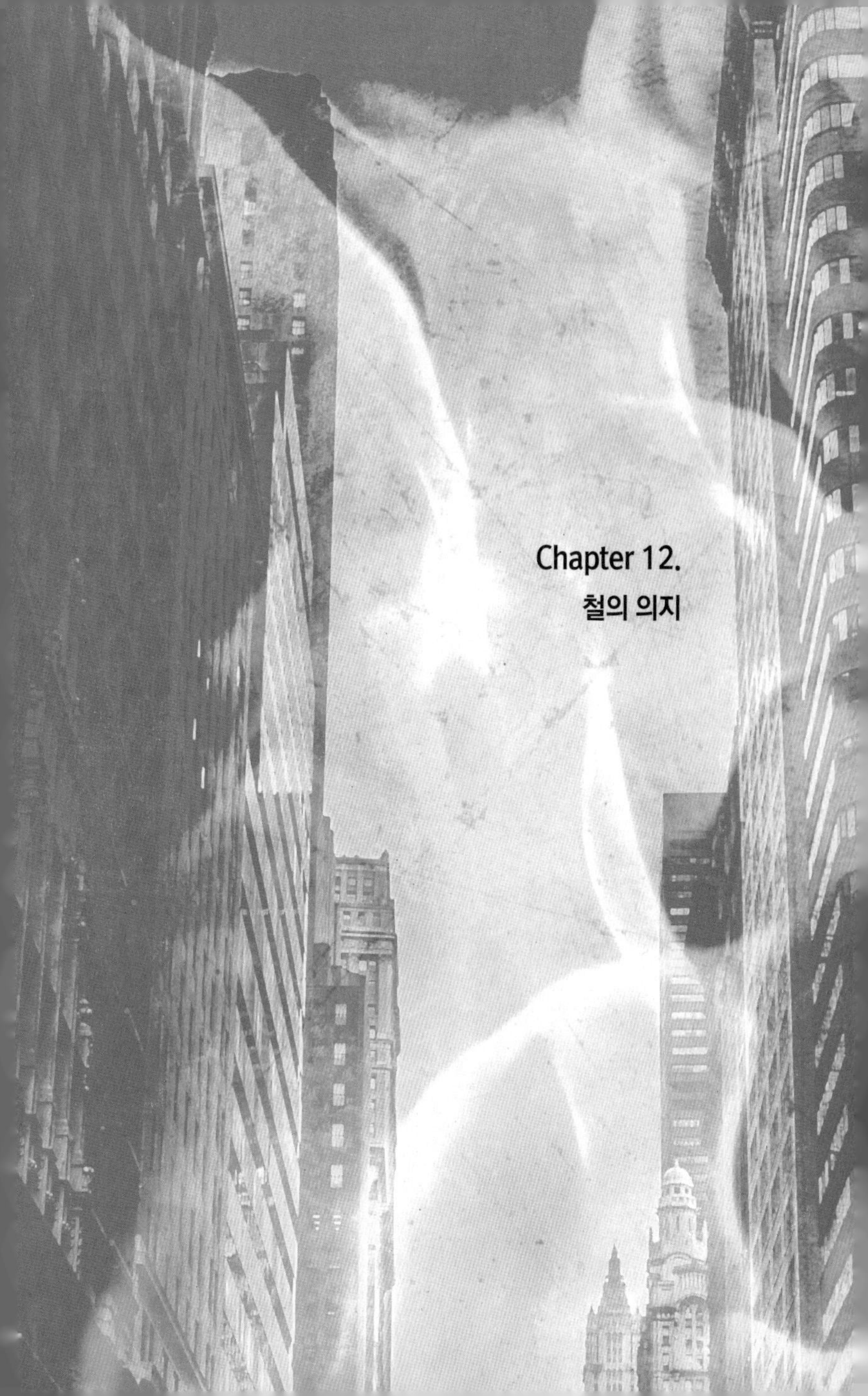

Chapter 12.

철의 의지

힘은 악이 되지 않는다. 힘을 휘두르는 자가 선이냐 악이냐가 중요할 뿐.

악으로부터 파생된 힘이라고 해서 애써 무시를 할 만큼 이서영은 순박하지만은 않았다.

치사하든 더럽든 간에 힘은 힘이며, 그걸 사용해서 사람을 살릴 수 있다면 몇 번이고 자신이 더럽혀질 각오를 한 그녀다.

그녀는 자신에게로 모인 힘.

철의 소용돌이를 통해서 분쇄하고 모아들인 힘을 사용하고자 했다.

'……큿.'

다만 고통스러웠다. 온몸이 끓는 듯했다. 버티기 힘들었다. 각성체를 얻을 때보다도 더한 고통이 그녀에게 다가왔다.

금지된 어떤 힘.

이 힘을 감히 사용하게 되면 타락하기라도 할 듯, 온갖 음습하고 더러운 단어들이 그녀의 귀에 속삭이는 듯했다.

악령이라도 씐 느낌이었다.

잇새로 비명이 흘러나오면, 그런 악령에 잡아먹힐 것 같은 느낌이 들 만큼 고통스럽고 힘들었다.

그럼에도 그녀는 버텼다. 버텨낼 수밖에 없었다. 아니 버티는 것을 넘어 해내야 했다.

끓어오르는 힘을 잠재우고.

그녀의 통제에서 벗어나려는 소용돌이를 통제 하에 넣고. 그 안에서 날뛰는 핏빛의 힘을 복속시킨다.

여제라도 되는 듯 무릎을 꿇린다.

이것은 의지와 의지의 대결이었다. 몬스터들의 끊임없는 악의와 본능. 그 모든 걸 그녀 혼자의 힘으로 이겨내야 했다.

미쳐 버릴 것 같은 속삭임을 애써 무시해야 했다.

그리곤. 해냈다!

마지막 남은 소용돌이. 여덟의 핏빛을 잡아먹었던 철의 소용돌이가 자신의 안에 꿈틀대던 핏빛을 완전히 잡아먹는다.

철벽과 같이 두터운 의지 하에!

"……일어나."

그녀의 말에 모습을 형성하기 시작한다.

소용돌이치기를 멈춘다. 꿀렁대는 몸을 밀집시킨다. 안에 있는 핏빛을 녹인다.

붉은 색일지, 철의 색일지 모를 특별한 검붉은 회색의 무언가로 변화한다.

타부의 그것처럼.

—그어어어어어어!

거대한 골렘이 만들어진다.

아니 이걸 감히 골렘이라 명명을 해야 할까?

몬스터들의 본능, 살의. 그녀의 의지가 섞여들어 가 태어난 무언가였다. 전에 없던 새로운 무언가였다.

마치 여제인 그녀를 지키는 철의 기사와도 같았다.

스으으으.

그녀의 의지를 받들 듯 그녀가 사용하는 것과 비슷한 검을 만들어낸다. 몸을 줄여 방패를 만들고 그것을 왼손에 착용한다.

투구를 만들어내고, 갑옷을 만들어낸다.

기본은 그녀와 비슷하되, 그녀와는 또 다른 멋스러움을 가진 기사로 화한다.

기사에게 그녀가 명령한다.

"움직여."

모든 것을 부수라고.

—그으……

쿠우웅. 쿠웅.

만들어진 무언가. 여제처럼 변해버린 그녀로부터 태어난 철의 기사가 움직였다.

*　*　*

달려나간 기사. 기사가 노리는 것은 명백했다.

플래시 골렘이다. 허웅이 애써 잡고 있던 플래시 골렘을 향해서 기사의 검이 휘둘러진다.

콰아아앙!

—그륵!

기사의 검을 플래시 골렘이 손을 들어 막으려 한다. 하지만 무용(無用).

손으로 검을 막는 건 말도 안 된다는 듯, 검을 막았던 골렘의 손이 그대로 으깨져 버린다.

흘러내려 버린다.

그래도 지배력을 잃은 건 아닐까.

으깨져서 흘러내렸던 피가 다시금 스르륵 움직이더니 골렘에게로 합류한다. 그로도 모자라 플래시 골렘은 전장 주변에 흩뿌려진 피를 빠르게 흡수해 댔다.

덩치를 다시금 키운다.

—그어어어!

키운 덩치로 되었다는 듯 다시금 재생되고 더욱 커진 손을 휘둘러서 기사의 검을 부술 듯 휘두른다.

하지만.

퍼어어억—

—그륵!?

살점은 살점일 뿐. 피는 아무리 모여도 피일 뿐이었다. 기사의 갑옷을 뚫을 수 없었다.

완전히 손이 으깨지진 않았지만, 자신이 공격한 주제에 손이 움푹 들어갔다.

누가 봐도 힘의 차이는 명백했다. 압도적이라고 할 수밖에 없는 광경이 만들어진다.

"이런!"

상황이 안 좋은 것을 느낀 것일까. 저 멀리서 있던 타부가 신음을 내뱉는다.

“Rhrenrkrtl rkxdmslfkrh qudtlssus.”

바로 주문을 외우기 시작한다. 그러더니 짝하고 손뼉을 짝—하고 마주친다.

짜악—

사람의 손짓일 뿐인데, 힘이 실린 듯 그 소리가 전장을 가득 채운다. 이변은 바로 일어났다.

—그르르륵.

“허?”

온몸이 액체화되어서 이준성에게 잡혀 있던 플래시 골렘이 자신의 몸을 포기한 듯 완전히 추욱 늘어졌다.

바닥에 쏟아진 물이라도 된 듯, 순식간에 바닥에 눌어붙었다.

그러더니 자연스레 이끌리듯 다른 플래시 골렘을 향해 갔다.

퍼어어억—

요란스럽게도 섞여 들어갔다.

골렘의 안에 있어 안 보이던 핵이 다른 핏빛보다 더욱 어둡고 음울한 핏빛이 되어 순식간에 눈에 띈다.

그 두 핵이 순식간에 합쳐진다.

—그어어어어어!

골렘이 순식간에 합쳐졌다.

이번은 여기에서 끝이 나지 않았다.

"다! 다 죽어라!"

푸우우욱— 푸욱— 푹—

타부의 주변으로 남아 있던 헌터들. 그들이 자신의 목에 검을 쑤셔 박았다. 망설임도 없이!

이상한 의식이 시작되고 안 그래도 초점이 없던 헌터들이 하나둘씩 푹푹 쓰러진다.

그 위에서 타부가 다시금 주문을 외운다.

"rmaksqjxlrh sofu dhejsrk."

의미를 알 수 없는 음울한 주문. 그 주문이 끝나자마자 죽은 헌터들로부터 나온 피들이 쏟아져 나온다.

플래시 골렘의 핵과 비슷한 음울한 색의 피였다.

사람의 것이라면 선홍색의 핏빛이어야 할진대, 놈들로부터 뿜어져 나오는 건 사람의 것이 아닌 듯했다.

"……미친 새끼들."

절로 욕이 나올 만큼 경악스런 장면이다.

각 나라마다 헌터의 힘이 다르고, 쓰임이 다르다지만 이건 너무한 장면이었다.

사람의 목숨을 소모품 쓰듯이 하고, 그걸 제물로 힘을 쓴다는 것? 한국의 헌터들로서는 상상도 하기 힘든 일이었다.

아무리 일본의 헌터들이 사람 목숨 귀히 여길 줄 모른다지만, 자살을 통해 자신을 제물로 바치고 주문을 외우는 건 미친 짓 같았다.

그에 상관없이 이변은 계속 이어졌다.

그 핏빛들이 그대로 플래시 골렘을 향해서 쏟아져 나간다. 합류한다.

—그어어어어!

그 핏빛들이 플래시 골렘에게 갑옷을 씌워준다. 검을 만들어 준다. 핏빛의 힘을 실어준다.

골렘을 다른 어떤 존재로 만들어 버렸다.

—그어어어어!

그에 힘이라도 얻은 걸까. 의지가 생겼나?

연신 밀리기만 하던 플래시 골렘이 손에 쥐어진 검을 휘두른다.

콰아아아앙!

기사도 만만치는 않았다. 마주하는 검을 휘두른다.

검의 부딪침만으로도 파동이 컸다.

핏빛은 흉포함을 드러내는 휘두름을. 기사는 반대된 절제된 휘두름을 보였다. 계속해서 부딪쳐 갔다. 그 휘두름의 파동에 주변에 있는 몬스터들은 육편이 된 지 오래였다.

전쟁의 승패는 이 둘의 대결의 결과에 따라 결정될 것이다.

핏빛과 기사 중 이긴 자가 합류하는 쪽이 이길 게 분명해 보였다.

*　　*　　*

타부도 현 상황을 잘 알았다.

"크흐……."

그는 자신의 힘을 뽑고 또 뽑아 썼다. 사람인 주제에 어디서 그리 많은 피가 나오는지 자신의 피를 또 뽑아내서는 플래시 골렘에게로 던졌다.

힘을 부여받은 핏빛이.

—그어어어.

버프라도 받은 것처럼 힘을 받아 기사를 몰아치기 시작한다.

이서영이라 해서 가만 있는 것은 아니었다.

"……."

그녀는 괴이한 주문도, 힘을 키우기 위한 기합도 없었다. 다만 집중을 했다.

스으으으으—

지켜보고만 있던 그녀는 어디서 또 나왔는지 힘을 뿜어냈다. 회색의 빛이었다. 전보다 더 진한 빛.

그녀로부터 뻗어 나온 힘이 기사에게 서린다.

그녀의 힘이 계속해서 뻗어 나온다.

그녀가 보낸 힘이 도달하고 또 도달할 때마다 기사의 힘이 강해진다.

*　　*　　*

서로 힘을 보태고, 한쪽이 밀리고 하는 일진일퇴의 공방전이 계속 이어진다. 그러다 어느 순간.

"나도 힘을 보태 볼까?"

"……가능하겠어요?"

"시도해 봐야지요."

플래시 골렘을 하나 잡아 묶는 데 성공했던 이준성이 이서영에게로 다가왔다.

잠시의 시간 동안 회복이라도 한 건지, 전에 비해서 한결 여유로워 보였다. 그를 호위하듯 지키던 백이 넘던 검도 사라진 지 오래였다.

손에 쥐어진 단 하나의 새하얀 검.

그 검만이 그에게 남아 있을 뿐이었다.

"검 하나쯤 쥐어주면 되지 않겠습니까?"

생긋 웃으며 말하는 이준성.

우우우우웅—

그의 말이 마음에 들지 않는다는 듯 이음을 내는 검이었다. 하지만 검은 이미 이준성에게 굴복한 지 오래였다.

"어떻게 할 건데요?"

"이렇게 할 겁니다. 보면 압니다."

스으으으으—

그로부터 이능력이 뻗어 나간다. 손을 쭉 뻗는다.

땅에 떨어져야 할 검이 허공에 그대로 떠올라 있다. 그대로 위로 상승하며 뻗어 나오는 그의 이능력을 흡입하듯 받아들인다.

이변이 일어난다.

스아아아악—

검이 거대해진다. 계속해서 더!

"늘릴 수 있다는 건 키울 수 있다는 뜻이거든요."

쓰아악!

검이 몸을 키우며 동시에 날아간다. 기사를 향해서.

검이 움직이는 의미는 명백했다.

"……음."

의미를 이해한 이서영이 곧바로 발맞춰 움직였다.

'흡수해.'

기사의 손에 쥐어졌던 검을 흡수하게 한다. 본래부터 기사의 손에 있던 검은 기사의 몸으로부터 뻗어 나온 것. 몸으로 흡수되는 건 쉬웠다.

검이 순식간에 흡수되어 기사의 형체를 키운다.

덩치만으로 플래시 골렘을 압도할 정도였다.

—그르륵!

그게 마음에 안 든다는 듯 플래시 골렘이 자신의 손에 쥐어졌던 검을 휘두르지만!

처억!

이준성이 날린 검이 먼저였다.

검을 잃어 비어버린 기사의 손에 이준성이 키운 거대한 검이 안착한다.

착 감기는 듯한 검을 꽉 쥔 기사는 검을 쥔 그대로 위를 향해 검을 휘둘렀다!

카드드드드득—

서로 맞부딪치는 핏빛의 검과 새하얀 이준성의 검!

*　　*　　*

콰즉—

깨졌다. 핏빛의 검에 검이 갔다.

"하앗!"

타부가 급하게 주문을 외우고, 임기응변을 부리려 하지만 회색 기사의 움직임이 더욱 빨랐다!

방금 쥐어진 검이 자신의 애병이라도 되는 듯, 빠르게 휘두르기 시작했다.

콰즉—

핏빛의 검을 완전히 깨버리고.

카드드드득—

바로 핏빛의 왼 다리를 향해서 검을 휘두른다. 어지간한 건물보다 두터운 플래시 골렘의 몸이 그대로 으깨진다.

액화를 할 시간도 없었다.

쿠우우웅!

다리를 잃은 플래시 골렘이 그대로 옆으로 쓰러진다. 쓰러진다. 바로 이어서 들어가는 연타!

콰앙.

플래시 골렘을 일어나게 하지 못하려는 듯, 가슴팍을 퍽하고 기사가 밟아 버린다.

—그어어어!

골렘이 몸을 일으키려 하지만 무리!

덩치를 키워버린 기사에게 힘으로 대응하는 건 완벽하게 무리였다.

꽈악.

한 손이 아닌 두 손으로 기사가 검을 쥔다. 자신의 머리보다도 높게 검을 치켜든다. 그리곤 그대로 아래로!

푸우우우우우욱—

골렘의 왼쪽 가슴팍을 꿰뚫는다. 심장이 있어야 할 위치였다!

골렘. 핵이 파괴되어야만 죽어 스러지는 것이 골렘이지만, 심장에 딱 핵이 위치해 있었던 걸까?

아니면 다른 어떤 작용이라도 된 걸까?

끄드드드득—

괴이한 소리를 내기 시작하며 플래시 골렘의 몸 곳곳에 금이 가기 시작한다.

"alcls. akfldhspEm!"

타부가 미처 주문을 마무리하기도 전에, 금이 더욱 커진다. 온몸이 깨져나가기 시작한다.

그러다 순식간에 형체를 잃어 완전히 스러진다.

스아아아아……

남은 것은 거대한 피의 웅덩이뿐.

심장을 잃어버린 골렘은 원형을 더 유지하지 못하고 피

만을 남긴 채로 사라졌다.

그 모든 피들이.

"와라!"

타부를 향해 가려 하지만.

"……안 되지."

지금까지 상황을 노리고 있던 한서은. 그녀에 의해서 타부의 의도는 더 이어지지 못했다.

피가 타부에게 도달하기 이전에 한서은의 검이 다가든 것이 먼저였다.

"계집!"

뒤늦게서야 그를 눈치챈 타부. 그의 몸을 한서은의 검이 꿰뚫고 지나간다.

"어?"

그런데 어쩐 일일까. 그의 온몸이 순식간에 핏빛으로 변한다. 플래시 골렘처럼 온몸이 피로 이뤄지기라도 했던 것처럼!

"……대체."

상황을 알 틈은 없었다. 타부가 있던 자리에는 작은 피웅덩이만이 남았을 뿐이었다.

*　　*　　*

끝난 것일까?

타부가 어찌 됐는지는 확실히 모른다. 하지만 플래시 골렘은 확실히 사라졌다. 어마어마했던 힘의 유동이 사라졌다.

그것으로 전투는 끝이 다가오는 듯했다.

타부가 사라지고, 일반 몬스터들은.

—크릉.

—캬오오오!

지금까지 타부의 의도대로 움직이는 것에 분노한 듯 사람이 아닌 옆에 있는 핏빛의 몬스터를 공격했다.

그 무엇보다 인간에 대한 살의를 우선으로 하는 몬스터치고는 보기 힘든 모습!

하지만 그것이 실제로 눈앞에서 벌어지고 있었다. 원수라도 대하는 듯, 애써 자라난의 길드원들까지 무시해 가면서 다툼을 벌인다.

순식간에 핏빛의 몬스터와 일반 몬스터의 싸움이 벌어진다. 자라난 길드원들은 전장의 관객이라도 된 듯하다.

생각지도 못한 상황.

"……대체."

그래도 길드원들로서는 호재의 상황이었다.

이이제이(以夷制夷)라고 하지 않던가. 적과 적이 다툰다면 이보다 더 좋은 상황은 없었다.

이들의 전투가 끝나고 그것을 마무리하는 것만으로도 전장의 승리는 장담이 되는 상황!

완벽하게 방심을 하면 안 되겠지만, 전장이 그들에게 유리하게 돌아가는 건 확실한 사실이었다.

특히나.

—그어어어!

승리의 포효를 한 번 크게 내뱉고서는 육중한 몸을 이끄는 철의 기사가 합류하기 시작한 것이 쐐기였다!

콰즈즈즈즉—

그 거대한 덩치로 전장에 합류한 기사는 몬스터들을 쓸기 시작했다.

휘두름 한 방에 하나가 아니었다. 거대한 검을 한 번 휘두르면 수십의 몬스터가 아작 났다. 핏빛이고 일반이고 가릴 것도 없었다.

우우우우웅—

처음 기사에게 가기 싫다고 반항했던 것을 잊은 듯, 이준성의 검은 아주 신이 나서 기사의 살육극에 동참했다.

"너무 좋아하는데 저거……."

검이 거대한 형체를 유지할 수 있도록 의지를 불어 넣는 이준성으로서도 놀랄 만큼 호응하고 있었다.

*　　*　　*

그렇게 전투가 마무리될 때쯤.

몬스터는 거의 사라져 가고, 남은 몬스터조차도 자라난 길드원들이 처리를 하던 그때.

"하아……."

투욱.

애써 버텨왔던 이서영이 무릎을 꿇는다.

"어?"

어느새 그녀의 옆을 지키던 한서은이 그녀를 잡아채지만, 굉장히 갑작스러운 상황이었다. 그녀가 쓰러지는 것은 아무도 예상하지 못했다.

완전히 땅에 몸이 추락하지 않도록 잡아주는 게 최선이었다.

"서영 씨?"

"……."

대답은 없었다. 이미 정신을 잃은 지 오래였다. 맥이 불규칙하게 뛰고 있었다.

완전히 정신을 잃은 그녀에게로.

—그어어어어!

형체를 유지하고 움직이던, 철의 기사가 다가오기 시작한다. 다가올수록 몸이 가루가 되어 흩어지기 시작한다.

가루가 된 이능력은 그녀의 몸으로 깃든다.

철의 이능력이 되돌아오면 올수록 맥이 안정되는 것 같았다. 다시 정상으로 돌아올 듯했다.

문제는 철의 기사의 안쪽에 있던 힘!

그녀가 움직여가면서 흡수했던 핏빛의 힘들이 문제였다. 그 핏빛의 근원은 처음부터 그녀의 것이 아니었다. 타부의 것이었다.

하지만 타부는 이미 사라진 지 오래.

또한 그녀에 의지에 굴복하여 그녀의 종복을 자처한 지 오래였다.

한번 승패가 정해졌기에, 계속해서 굴복하는 것일까? 아니면 다른 목적을 가지고 합류하는 것일까?

핏빛의 소용돌이. 그녀로부터 굴복한 힘들이 그녀에게로 흡수되기 시작한다.

근원인 타부를 찾아서가 아닌 오직 그녀에게로!

여덟 개의 소용돌이를 유지하고 있던 어마어마한 힘이 모두 그녀에게로 들어간다.

전투로 소모된 힘이 있다지만, 이서영 홀로 흡수하기에

그 힘은 너무도 컸다.

"……이런."

막을 새도 없었다.

형체가 있기는 하다지만, 연기처럼 움직이는 이능력을 잡아챌 자는 여기에 누구도 없었다.

김기환이 있었다면 불길하다 불태우겠다 하겠지만 그는 지금 성벽을 지키고 있었다. 무리였다.

"……으읏!"

붉은 힘이 그녀에게 깃들면 깃들수록, 기절한 상태에서도 신음을 흘리는 이서영이었다.

그만큼 고통스럽다는 의미! 애써 진정이 된 듯 보이던 맥이 미친 듯이 빠르게 뛰기 시작한다!

몸에 이상이 생기기 시작했다. 그 순간 옆에서 그녀를 잡고 있던 한서은은 무언가 잘못됨을 느꼈다.

전장의 승리를 만끽할 상황이 아니었다.

"치유! 치유계 어서 오라고!"

다급했다.

그 다급한 상황에 플래시 골렘을 이루고 있던 거대한 피웅덩이가 스스로 땅으로 스며들고 있는 것을 발견한 자는 아무도 없었다.

*　*　*

“허억…… 헉…….”

다급한 쪽은 다른 곳에도 있었다.

피의 주술. 그의 일족으로부터 전해지는 비전과 이능력을 합일하여 얻어낸 주술을 통해서 목숨을 한 번 구함받은 타부.

핏줄기가 되어 움직이는 듯했던 그는 어느덧 새 육체를 형성하고는 미친 듯이 사냥터를 내달리고 있었다.

‘멀리 가야 한다.’

전장과는 먼 쪽. 자라난 길드가 있는 쪽과 정반대로 움직이고 있는 그였다.

아까의 여유로움은 전부 사라진 지 오래. 어떻게든 살겠다는 다급함이 보였다.

몸에 걸친 것 하나 없이 도망만을 치는 그의 모습은 애처로울 정도.

—크륵!

그런 그의 뒤를 노리고 코볼트 따위가 달려들지만.

푸우우욱—

어느덧 그의 뒤를 따라왔는지, 붉은색의 핏줄기가 그를

노리는 코볼트 등의 멱을 따버린다.

멱을 따버리고 나온 코볼트의 핏줄기가 붉은색의 핏줄기에 흡수된다.

덩치를 더욱 키운 핏줄기 중 일부는 타부의 몸에 걸쳐진다.

피가 그의 의복이라도 되는 듯 그의 몸을 가리기 시작한다. 한 몸처럼 움직인다.

아까 보인 붉은 핏줄기의 힘을 생각하면, 적어도 어지간한 갑옷보다는 나아 보였다.

의지를 가진 듯 스스로 움직이는 갑옷이었으니까!

피로 무기를 만들고, 갑옷으로도 피를 두른 그는 흡혈귀의 그것과도 비슷해 보였다.

다만 영화 속에 등장하는 흡혈귀가 아름다운 모습을 가졌다면, 타부는 추레하디추레하다는 것만이 다를 뿐이었다.

저런 힘이 아직 남아 있으니 사냥터 안이지만, 당장 그에게 위험은 다가오지 않을 듯했다.

'어서!'

거기다 생존본능까지 발휘해서 미친 듯이 뛰고 있었으니 당장 그가 오늘 죽지는 않을 듯 보였다.

하지만 다급해 보이던 그의 발걸음도.

"……추하군."

등 뒤에서 들려오는 목소리에는 멈출 수밖에 없었다.

"어, 어떻게 여기에……."

"……실패했나?"

"죄, 죄송합니다."

자신의 수하들을 다룰 때와는 전혀 다른 비굴한 모습. 하지만 자연스러워 보이는 모습이기도 했다.

타부를 이곳으로 데려왔던 이철승이 아니던가. 그의 앞에서 감히 타부는 덤빌 생각조차 하지 못하고 있었다.

그가 자랑스러워 하는 피의 주술. 몬스터를 다루는 이능력. 그 모든 것들이 이철승에게는 먹히지 않음을 알기 때문이었다.

"……잘해낸다 자부하더니 잘도 실패했군?"

"면목 없습니다. 생각 이상으로 강한…… 특히 각성자들이 너무 많았습니다."

"흐음."

타부의 말을 들어주는 것일까?

이철승이 가만 타부를 바라본다. 그 눈빛을 이겨내지 못하고 타부의 눈이 아래를 향한다. 눈조차 마주치지 못한다.

몸을 벌벌 떨기까지 한다. 사신을 만난 듯이.

"그래도 나쁘지는 않았다. 하지만 마무리는 해줘야겠

어.”

“……어떻게?”

벌벌 떨면서도 물을 것은 묻는 타부였다.

“알지 않나?”

“……그것만은…….”

“질기디질겼지. 걱정 마. 자네 덕분에 자네 일족은 살아갈 수 있을 테니까. 왕이 약속하셨다.”

“아…….”

타부. 수하들의 목숨을 취하면서도 광기에 젖어 웃던 그의 눈에 체념이 깃든다.

알 수 없는 말만을 남기고서는, 이철승이 타부에게 장치를 건넨다. 안에 꽤 많은 양의 정석이 쌓였을 게 분명한 공간장치였다.

평소라면 이 정석에 잔뜩 흥분한 기색을 감추지 못하겠지만, 타부는 당장 그러지 못했다.

“그럼 그리 알지.”

마지막으로 말을 남기는 이철승을 망연자실하게 바라볼 뿐이었다.

그리고 같은 순간. 여러 곳에서 일은 계속해서 벌어지고 있었다.

Chapter 13.

마지막까지 잘도

화아아아악—

그녀에게 치유의 기운이 깃든다. 한 사람에게 쏟아지기에는 많은 양이 단번에 부어진다.

자칫 사냥터에서 이런 짓은 위험할 수도 있는 일.

하지만 당장의 자라난에게는 상관이 없는 일이었다. 이서영에게 일어난 일이지 않은가. 게다가 전투는 정리된 지 오래다.

결국 자라난의 승리로 결정이 났다.

김기환이 없이도 큰 일전을 해낸 것이다.

이 다음 조무래기를 치우는 것도 있겠지만, 그 정도야 이번 전투에 비하면 쉬운 일이라 봤다.

그러니 이 정도쯤은 충분히 할 수 있는 일이었다. 아니 해야만 하는 일이었다.

화악—

끊임없이 그녀에게로 이능력이 부여된다.

하지만 그녀는 계속해서 몸을 떨 뿐. 나아지는 기색이 보이지 않았다.

계속해서 이능력을 부여하던 치유계 능력자들이 난색을 표한다.

"더 안 되겠는데요!"

"왜!"

분노한 허웅의 외침이 주변에 울린다. 처음부터 함께한 동료지 않은가. 걱정이 될 수밖에 없다.

그에 대한 답은 절망적이었다.

"반발해요. 처음 외상 치유에는 효과가 있었는데…… 이제는 안이 문제에요. 반발한다구요."

"……그거 큰일인…… 아니다. 그러겠지."

반발. 이능력과 이능력이 부딪친다는 소리. 그게 괜찮을 리가 없다.

본디 치유계의 이능력은 다른 이능력에 반발하지 않고 치료만을 해서 치유계이긴 하지만 지금은 특수한 경우인

게 분명하다.

하기는 핏빛의 소용돌이를 흡수한 것 자체가 정상적인 일은 아니었다.

"……어쩐다."

당장 허웅으로선 방법이 생각나지 않았다.

김기환이나 운이철이 있으면 무슨 수라도 써줄 것 같았는데, 자신은 무리였다.

노력하고 또 노력해서 여기까지 강해지는 데는 성공했지만, 자신은 규격 외적인 존재까지는 되지 못했다. 평범했다.

그러니 무리.

'젠장…….'

결국 답은 몇 없었다.

여기 남은 몬스터 잔당은 처리해야 하고, 이서영도 살려야 했다. 그 둘을 하려면 방법은.

"열 명. 딱 열 명만 나와라. 본부까지 데리고 가야 하니까."

"……제가 나서겠습니다."

"그럼 제가……."

일단은 이서영을 본부로 이송하는 것이다.

하지만 쉬운 선택은 분명 아니었다. 이제는 잔당만 처리하면 될 듯한 상황이었다. 꽤나 많은 수확을 올릴 게 분명하다.

그런 상황에서 이서영을 이송하기 위해서 사냥에서 빠진다?

아무리 챙겨준다고는 해도, 부족할 수도 있었다. 손해가 날 수도 있었다. 그럼에도 열 명은 금방 채워졌다. 특히 그녀와 같은 탱커들이 많이 나섰다.

그동안 이서영이 사람들에게 덕을 쌓은 덕분인 게 분명하다. 그러니 손해를 감수하고도 나와 주었겠지.

"준비 끝났습니다."

"……내 몫이라도 떼어줄 테니 걱정 마라."

그래도 감사한 건 감사한 거다. 그 마음에 허웅이 고마움을 표한다.

"됐습니다. 후후. 맨날 애들 챙겨주느라 얼마 챙기지도 못하면서 그러십니까?"

"새끼들. 가 봐. 이서영 제대로 이송하고. 이 사람 죽으면 내가 아니라 김기환이 난리 날 거다."

"아무렴요. 여왕님 아닙니까. 우리 자라난 길드 여왕."

"……일단은 후보라고 해 두자."

한서은의 눈치를 보며 허웅이 여왕이라는 말을 정정해준다.

사실 한서은은 아무것도 하는 것이 없었다. 하지만 아직 결정된 바가 없기에, 어디까지나 후보다. 아무래도?

어쨌거나.

"갑니다!"

묘한 소란스러움을 남긴 채로 이서영을 데리고 열 명의 헌터들이 움직이기 시작한다.

떠나는 그 순간까지도 온몸이 벌게진 채로 그녀가 몸을 떠는 것이 불안하기 그지없지만, 할 수 있는 수는 다 썼다고 할 수 있는 상황이다.

여기서부터는 그의 손을 떠났다.

이제 남은 것은 그의 손으로 할 수 있는 일뿐.

"여기는 우선 마무리한다. 오늘은 여기까지!"

잔당들을 처리하기 위해서 그들은 남아야 했다.

* * *

다음 날. 사람의 일이 어떻게 되든 시간은 쏜살같이 지나갔다.

어제의 치열하기만 했던 전투. 공간 장치를 여러 개 채우고도 남을 정도로 많은 수확을 얻었지만, 분위기는 그리 좋지 못했다.

완벽한 승리라고 하기에는 이서영의 마지막 모습이 너무 강렬했다.

그럼에도 멈출 수는 없기에 그날도 허웅은 장비를 챙겨 들었다.

장비를 착용하며 철컥철컥 이는 소리가 그의 귓가를 간질인다. 온몸에 가득 장비를 채우면서도 그는 자신의 할 일은 잊지 않았다.

"다들 준비는?"

"됐어요. 일부는 아직이긴 하지만 그 정도야 이해해 줘야죠?"

"그렇겠지. 다들 힘들 상황이니까. 작전은?"

"완벽합니다. 아시잖습니까? 그 정도는 껌인 거."

"그래도 방심하지는 마."

"옙! 가서 미리 전달하고 오겠습니다."

"그래."

온몸을 움직이길 멈추지 않으며, 모두를 점검하는 것 또한 멈추지 않는다. 그는 여느 길드의 간부들 못지않게, 아니 그 이상으로 제대로 일을 수행하고 있었다.

사람들을 잘 이끌고 있었다. 어느 길드에 가더라도 부족함이 없을 모습이다.

"새끼……."

옆에서 가만 바라보는 마동수로서도 감탄을 할 정도다.

끊임없이 노력하고 또 노력한다고 하더니, 이렇게까지 완성된 허웅이 됐을 줄 누가 알았으랴.

마동수 자신은 본인의 힘을 길러 강력함을 추구하고 있을 때, 허웅은 길드의 탄탄한 탱커이자 간부로서 자신의 힘을 기르고 있었다.

모자람이 전혀 없었다. 적어도 사람들을 이끄는 데만큼은.

감탄을 하고 있으려니 허웅이 괜스레 민망해졌는지 볼을 붉히며 마동수를 바라본다.

"왜 인마?"

"아니다. 나는 나가서 딜러들 좀 챙기고 올게."

"싱겁기는. 다녀와라."

"그래."

"그리고 동수야."

"왜 인마?"

"……죽지 마라."

"미친 새끼."

마음 약하기는. 역시 센 척을 해도 속은 여린 허웅은 여전했다.

이미 오래전에 죽어버린 성기. 그를 생각하고서 하는 소리가 분명하다. 어제 이서영을 보고 괜히 신경이 쓰이는 거겠지.

"너나 죽지 마라. 인마. 아무리 탱커여도 몸 챙기고. 여자한테 잘 보인다고 울끈불끈만 하지 마. 어차피 네 머리는 반짝인다고!?"

"시끄러 인마!"

허웅의 느닷없는 등짝 스매시가 날아들기 전에, 재빨리 자리를 피하는 마동수였다.

"푸훗……."

옆에서 가만 그 둘을 바라보던 이지민이 웃어 보인다.

"너무 웃지 마!"

"……됐네요. 그나저나 여자 너무 챙기고 그러는 건 아니죠?"

"설마 그럴라고! 널 두고."

"……잘도 그런 소리를 쉽게 하네요."

널 두고 라는 말에 귀는 새빨개지면서도, 만족스러운 듯 살포시 웃어 보이는 이지민이었다.

"그나저나 괜찮을까요? 이서영 씨?"

"괜찮아야지. 안 괜찮아지면 큰일 난다고. 그나저나 가자. 가야 할 시간이야."

"그래요!"

허웅이 막사를 나선다.

모두의 시선이 허웅과 같이 나온 보좌관들을 향한다. 김기환은 아니나 간부로서 제대로 해내고 있는 허웅에 대한 믿음이 가득한 눈빛들이었다.

모두 준비 완료다. 다들 잔뜩 기대하는 눈빛으로 허웅을 바라본다. 믿음이 아닌 약간의 장난기. 그들이 뭘 바라는지 정도는 알았다.

"왜? 잘난 길드장처럼 한마디 날려보리?"

"그런 거 아닌 거 알잖습니까?"

저들이 원하는 건 따로 있었다. 바로.

"……젠장. 자라나라 자라난!"

"오오옷!"

"자라나라 자라난!"

모두가 함께 구호를 외친다. 약간의 소요가 있었지만 그쯤 웃어넘긴다.

"자라나라 머리머리!"

"어떤 새끼야!? 쓰벌. 하여간에 길드장이 애들 다 망쳤어. 어쨌거나 가자, 바보들아. 오늘도 한탕하러!"

다시금 처리를 하기 위해서 달려간다. 마지막 남은 잔당까지 거대한 전투가 일어나기 전에 모두 처리하기 위해서.

*　　*　　*

“달려! 달리라고!”

“……하악!”

시간이 지날수록 이서영의 상태가 안 좋아지고 있었다.

밤새 달렸음에도, 아직 도착할 길은 먼데도 그녀는 상태는 급속도로 안 좋아진다. 그 진행이 너무 빨랐다.

‘대체…….’

이송을 시작하고 얼마 안 됐을 때부터 몸이 불덩이가 됐다. 그녀를 업고 가던 헌터가 놀라서 뜨거움을 표할 정도였다.

벌게지는 거야 어찌 참는다고 하더라도, 문제는 그녀의 상태. 부르르 몸을 떨면서 계속해서 이능력이 폭주하고 있었다.

안에서 느껴지는 것이 심상찮았다. 고작해야 하루. 아니 채 24시간이 다 가지 않았는데도 이런다. 상세가 심각했다.

“더 빨리! 어떻게든 해 보자!”

“이능력이라도 써!”

스아아아악—

바람의 이능력이라도 사용해서 속도를 늘리기 시작한다.

그 누구보다 심각한 상황. 길드의 기둥 중에 하나였던 이서영의 생명이 사그라들어 가고 있었다.

심각했다. 그 어떤 때보다도.

*　　*　　*

문제는 그 심각함이 이서영의 상세만으로 끝이 나지 않았다는 거에 있었다.

성벽의 위. 언제부턴가 김기환의 자리가 되어버린 곳. 그곳에 김기환이 가만 서서 숨을 집어삼킨다.

"많은데요?"

"세 배는 되지 않나? 할 일 없는 헌터 참 많군. 가서 몬스터나 잡을 것이지. 뭐 잡아먹을 게 있다고 이곳을 오는지."

"크큭. 저들 눈에는 우리가 몬스터로 보이나 보지요."

"아귀 같은 놈들."

화를 내는 법이 없는 이호준이 화를 다 낸다.

하기는 저 헌터들이 마음에 들 리가 없다. 몬스터를 잡으라고 부여된 이능력으로 같은 사람을 겨누고 있는데, 마음에 드는 게 더 이상했다.

옆에서 그들을 주시하고 있는 김기환도 마찬가지. 하지

만 그는 불만을 더 표할 시간도 없었다. 그가 불만을 표하기도 전에.

"저, 저거 움직이는 거 아닌가!?"

"역시. 기세가 심상치 않긴 했지요."

눈앞에 자리하고 있던 거대 길드들. 그들이 움직이기 시작했다.

장비를 점검한다. 열을 맞춘다. 이능력을 불러일으킨다.

차분히 모여들기 시작한다. 대열이 만들어진다. 그들이 움직이는 의미는 명백했다. 그 어느 때보다도!

〈다음 권에 계속〉